幻想古書店で
珈琲を

招かれざる客人

蒼月海里

ハルキ文庫

JN199649

角川春樹事務所

幻想古書店で珈琲を

招かれざる客人

I'll have coffee at
an illusion old bookstore.
Kairi Aotsuki

人物紹介

亜門《あもん》

古書店「止まり木」の店主。
本や人との「縁《えん》」を紡ぐ。
魔法使いを自称する悪魔。

名取 司《なとりつかさ》

ひょんなことから不思議な
古書店「止まり木」で働く
ことになる。

三谷太一《みたにたいち》

新刊書店で働くアルバイト書店員。司の友人。

コバルト

鮮やかな青髪で、派手
な身なり。
亜門の友人で、魔神。

アザリア

強大な力を持つ「大天使ラファエル」。風音の上司。

アスモデウス

亜門の友人で、『止まり木』の常連。頭に羊と牛の角を持つ魔神。

風音《かざね》

ノルマを気にしすぎる天使。トーキョー支部所属、階級は「エンジェル」。

イラスト／六七質

珈琲《コーヒー》の香りが漂う空間に、ふたりの男がいた。

木の虚《うろ》に作られたかのような店内の棚には、びっしりと本が詰まっている。床にはそこから溢《あふ》れたであろう本も積まれ、本の森のようであった。

店内には木で出来た椅子《いす》やテーブルがあり、奥にはカウンターもあった。実験器具のようなサイフォンが並び、壁の棚にはアンティークのコーヒーカップがずらりと並んでいる。

この古書店にして賢者の隠れ家には、本に埋もれるようにして、立派な革のソファがあった。

そこに、主《あるじ》たる眼鏡の紳士――亜門《あもん》が腰掛けている。

しかし、いつもならばゆったりと構えている彼も、この時は浅く腰掛けて客の応対をしていた。サイドテーブルに、大量の本を積み上げて。

「査定には、一週間ほどのお時間を頂けますかな？」

「ふうん。それは、侯爵《こうしやく》殿が査定中、読書に没頭してしまう時間も含めているのかな？」

客もまた、亜門に劣らぬ立派な紳士だった。

中折れ帽をかぶり、ジャケットの上にはマントのようなストールを纏《まと》っている。見た目は若いものの、雰囲気がやけに成熟していた。

そんな相手は、左右非対称の表情で笑っていた。

「勿論《もちろん》。以前のように、あなたを長々と待たせるわけには行きませんからな。それに、あなたも忘れた頃にやって来るおつもりでしょう?」

「どうだか。期日きっかりにやって来るかもしれないよ?」

「フッ、あなたは気まぐれですからな」

肩を竦《すく》める相手に、亜門は苦笑する。「確かに」と相手は愉快そうに笑った。

「しかし、これだけはハッキリしているな。次は——昼に来るつもりだ」

「昼に……?」

「おや? 顔色が変わったな。都合が悪いのかい?」

中折れ帽の紳士は、亜門の顔を覗《のぞ》き込む。

「いえ、そういうわけでは——」

「珈琲の香りに混じって、人間のにおいがする」

間髪を容《い》れずにそう言われた亜門は、言葉に詰まった。

「ははっ。そう睨まないでくれよ。何も、その人間を取って食おうなんて思っていないさ」

中折れ帽の紳士はおどけるようにそう言って、席を立つ。

「ただ、挨拶《あいさつ》をしたくてね。侯爵殿も知っているだろう? 吾輩《わがはい》は人間が好きなんだ」

「ええ、知っております。多少、その愛情が行き過ぎているところも」

亜門は、中折れ帽の紳士から目をそらさない。中折れ帽の紳士は、その鋭利な視線すら、愉《たの》しそうに受けていたのであった。

第一話　司、亜門と真意を探る

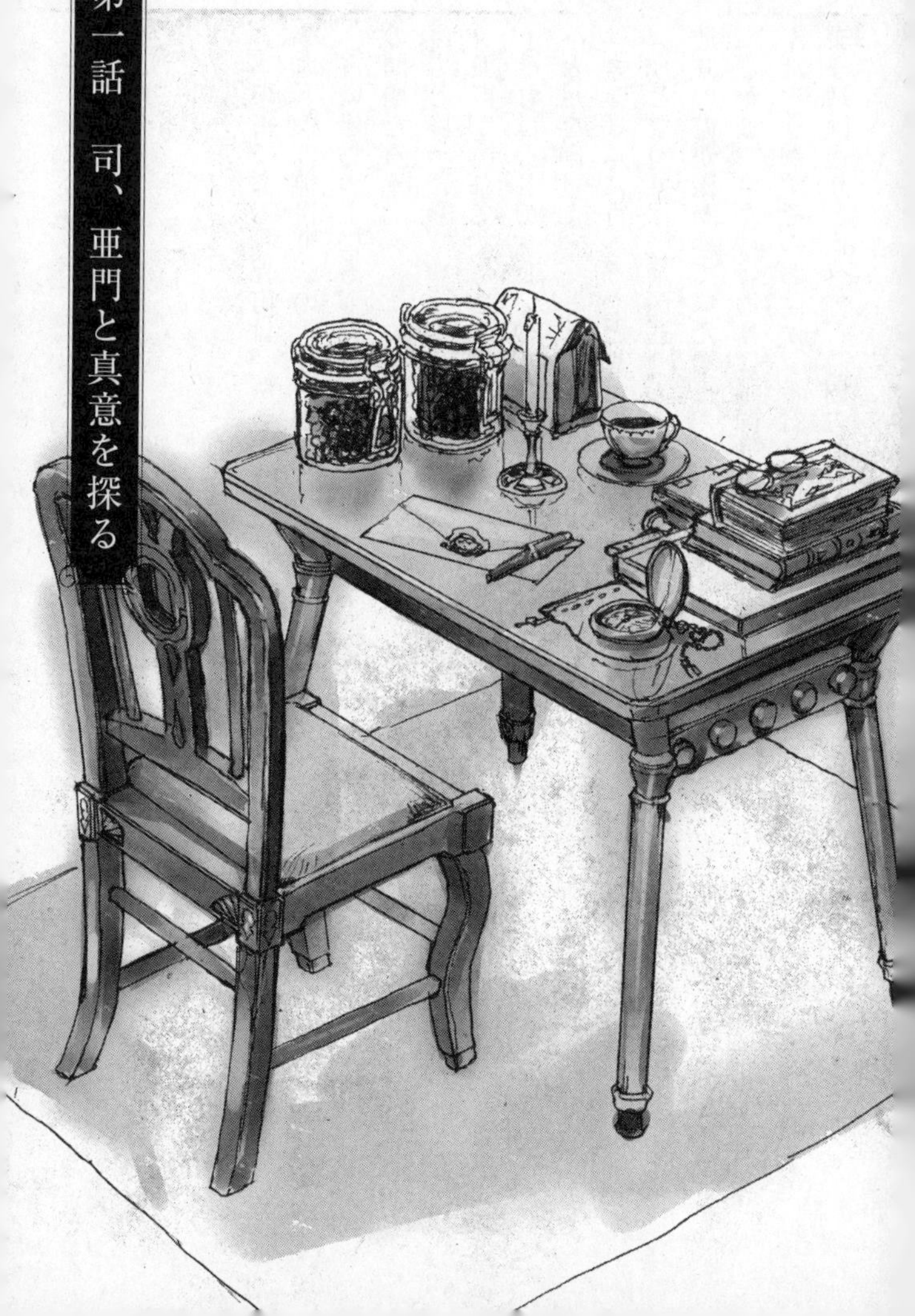

本の街である神保町《じんぼうちょう》は、灰色の雲に覆われていた。

地下鉄の神保町駅の入り口から外に出た私は、傘を持って来なかったことを後悔する。

古い建物の上にも、高いビルの上にも、等しく雨雲が掛かっている。降り出すのは時間の問題だろう。

「もし降ったら、いっそ、〝止まり木〟で雨宿りをしても良いかもしれないな……」

亜門が淹《い》れてくれる珈琲《コーヒー》を飲み、彼とお喋《しゃべ》りをしながら雨が止《や》むのを待つ。

それはそれで、良いのではないかと自分に言い聞かせ、亜門が軒を借りている新刊書店へと足を向けた。

コンビニに寄ろうかと思って、神保町駅からすずらん通りへと出る。

今となっては、靖国《やすくに》通りの方がメインストリートのようになっているが、昔はすずらん通りの方が賑《にぎ》わっていたそうだ。

しかし、すずらん通りは靖国通りよりも道幅が狭い。これも、車社会になる前の名残《なごり》なんだろうか。そのお陰《かげ》か、歩行者がのんびりと歩いていて、自動車がビュンビュンと行き交う靖国通りと比べて、時間の流れがゆったりとしていた。

鈴蘭《すずらん》のようなデザインの街灯が立ち並ぶ中、私は真《ま》っ直《す》ぐと歩く。定食屋さんや中華料理店を通り過ぎ、コンビニでさっさと用事を済ませ、フクロウの彫刻が掲げられた書店の前を通り過ぎようとする。

その時であった。「ツカサ」と声を掛けられたのは。

「えっ？」と聞き覚えのある声の方を振り返る。

すると、海外のお洒落《しゃれ》なカフェさながらの佇《たたず》まいの書店を背景に、ルネサンス絵画さながらの青年が佇んでいた。

「アザリアさん……！」

以前、私にアザリアと名乗った、天使ラファエルだった。

輝くような金の髪に、彫りの深い目鼻立ち、そして、慈悲深い眼差《まなざ》しは、まるで宗教画から抜け出して来たかのような存在感を醸し出していた。しかし、纏《まと》っている服は軍人のそれで、物腰が柔らかく気品を感じさせる裏には、隙《すき》の無さがうかがえる。

いずれにせよ、彼の存在はとても、現代の東京都千代田区に実在しているとは思えなかった。あまりにも浮世離れしていて、通りすがりの老人が手を合わせて拝んでいた。

「突然お呼び止めして、申し訳ありません。どうです、お変わりはありませんか？」

「ええ、お陰様で。……その、アザリアさんは」

「私も変わりはありません。ただ――」

「ただ？」

アザリアは整った眉《まゆ》を寄せる。

「少々、気になることがありまして」

「亜門のことですか……？」

つい、そう尋ねてしまった。

彼らもまた、警察の所轄のように、各々に割り振られた地域を守っているらしい。アザリアの部下である風音《かざね》は〝トーキョー支部〟とのことだから、東京都内で事件が起これば、恐らく、彼が飛んで来るのだろう。それに対して、アザリアは本庁のお偉いさんのようなものなのだ。だから、彼が動くということは、何か大きな問題があったということかもしれない。

だがアザリアは、杞憂《きゆう》と言わんばかりに首を横に振った。

「アモン侯爵の件ではありません。とは言え、捉《とら》えようによっては彼も無関係とは言えませんが」

「どういうことですか……？」

「この辺りで、魔神アスモデウスを見かけたという情報がありましてね」

「アスモデウス⁉」

思わず声をあげてから、慌てて口を塞《ふさ》ぐ。周囲を見回すが、書店のロゴが入った袋をぶら下げている通行人がまばらにいるだけだった。先ほど拝んでいた老人も、近くの古書店の店頭の本を眺めていた。

私は、声を潜めてこう言った。

「アスモデウスって言ったら、アザリアさんと因縁があったひとじゃないですか」

そして、有名過ぎる悪魔だ。ゲームにだって、よく登場する。大抵は、七つの大罪のうちの色欲を司《つかさど》る、三頭の魔神として描かれていた。

旧約聖書外典では、サラという女性に取り憑《つ》いて悪事を重ねていたところ、アザリアに助言をされたトビアスという青年に退けられたと書いてあった。

アザリアもまた、困ったように溜息《ためいき》を吐《つ》く。

「あの方がまた悪事を重ねようとしているのならば、悔い改めて頂かなくては」

「そ、そう、ですね」

一体、どうやって悔い改めさせる気なんだろうか。神保町で天使と魔神の壮絶なバトルを繰り広げられてはたまったものではない。

「また、人間の女性に手を出そうというのならば、それこそ、平手打ちの一つでも差し上げてやらなくてはなりません」

「大天使の平手打ち……」

「我々は、人の子を守らなくてはいけませんから」

アザリアは頭を振る。聖なる力や奇跡などではなく、物理的に守ってくれるということに妙な心強さを覚えた。たおやかな雰囲気の彼だが、身体《からだ》は意外と鍛えているのかもしれない。

まあ、それはさておき。

「でも、その……、アスモデウスさんは、人間の女性――サラさんが好きだったんですよね？」

「そのようですね」

「いくら魔神とは言え、好きな人と結ばれなかったのは可哀想《かわいそう》……かな……って」

消え入るような私の言葉に、「おお」とアザリアは大袈裟《おおげさ》に顔を覆った。

「ツカサ、あなたは何と情け深い。しかし、忘れてはいけません。あの方は彼女に取り憑いて、何人もの人間を殺《あや》めたのですよ」

「あ、そうでした。すいません、つい……」

サラという女性にしてみれば、たまったものではない。勿論《もちろん》、殺されてしまった人間もだ。私は慌てて、アザリアと被害者達に謝罪をする。

「いくら相手を愛しているとは言え、越えちゃいけない一線ってありますもんね」

「その通りです。しかし、その一線を越えなかったとしても、魔の者と人の子は結ばれてはなりません」

アザリアは威厳を込めて、ぴしゃりとそう言った。

「えっ。その、もし、人間側にもその気があって、周囲に迷惑を掛けなければいいんじゃないかな……と思うんですけど」

「いいえ。人の子は人の子と結ばれるべきなのです。人の子の男性と、人の子の女性が結ばれてこそ、正しい姿なのです」

「正しい姿……」

アザリアの言葉を復唱する。

だが、本当にそれが正しいのだろうか。

本当にそうでなくてはいけないのだろうか。愛にも規則があるというのか。

「ツカサ、魔神であるアモン侯爵と友情を築いたあなたには、違和感があるかもしれません。しかし、理《ことわり》を歪《ゆが》めれば、必ず報いを受けるものなのです」

アザリアは哀《かな》しげに目を伏せてそう言った。

私のことを気遣ってくれているのだろうか。価値観が違う相手を糾弾せずに同情してくれるのは、彼の慈悲深さと寛容さゆえなのかもしれない。

「……そう、ですね」

これ以上相手を困らせないためにも、同意をしておく。

すると、アザリアはその返事を待っていたと言わんばかりに、深く頷《うなず》いた。

「常に正しき道を歩むのです。脇道にそれたり藪《やぶ》の中に入ったりしても、あなたには正しき道を見極める力が宿っていると、私は信じています」

「そんな、大袈裟な」

眉尻《まゆじり》を下げる私を、アザリアはじっと見つめる。

「いいえ。あなたは、私には見えない道も見えることでしょう。私は、そう確信しております」

「そ、そうですか……」

アザリアの真っ直ぐな瞳《ひとみ》を直視出来ず、思わず目をそらす。

そんな私の前に、すっとブレスレットが差し出された。数珠《じゅず》さながらの、真っ黒な石が連なったものであった。

「あなたならば、この装飾品に隠された真実も見破れることでしょう」

「これは……？」

「ブラックトルマリンのブレスレットです。微弱な電流を発しているので、着けるだけで効果があると、巣鴨《すがも》の街頭で売られていたものです」

「それは、胡散臭《うさんくさ》さ爆発ですね……」

私の言葉に、アザリアは「はい」と沈痛な面持ちで頷いた。

「トルマリン――即《すなわ》ち、電気石は、確かに静電気を発生させます。しかし、それは熱や圧力が加わった時のことです。普段の状態では静電気が発生しません。仮に、強く握ったとしても、人間の握力や熱による影響は微々たるもので、発生する静電気も人体に影響を及ぼすほどではありません。私はそれを指摘し、悪の思想に染まった商人を摘発したのです」

「すごい。天使が疑似科学と戦っている……」

「マイナスイオンが発生して人体に良い影響を与えると科学的に実証されている、と謳《うた》っていたのですが、そもそも、マイナスイオンというのは科学用語ではないので――」

「アザリアさん、意外と理系なんですね……」

天使ということもあり、宗教のイメージが強く、文系だと思っていたが。

「この、悪のブレスレットは私が回収し、お年寄りには生薬の知恵を授けました」

「何だか、巣鴨のお年寄りに崇《あが》められていそうですよね、アザリアさんが……」

「それはいけません。我らが主を差し置いて、私が崇められるなど」

アザリアは当惑したように、首を横に振る。お年寄りにそれだけの働きかけをしたのならば、いっそのこと自らの主の教えを説いて改宗させることが出来そうだが、それをやらないというのは、アザリアの人が好《よ》いせいなのだろうか。

「とにかく、気をつけるのです、ツカサ」

「トルマリンブレスレットにですか？」

「ブレスレット以外にも、トルマリングッズはありますからね。商人の言葉を鵜呑《うの》みにせず、真実を見極めてから、購入するか糾弾するかを決めるのです」

「無視して立ち去るという選択肢はないんですね……」

アザリアの中に、日本人らしい選択肢は用意されていないらしい。

「過ちに気付いたのであれば、周囲の人間にも伝えなくては。そうすることで――」

「そうすることで？」

突然口を噤《つぐ》んだアザリアに、首を傾《かし》げる。すると、彼は小さく咳払《せきばら》いをした。

「いいえ。トルマリングッズのお話ではありませんでしたね。こちらはこちらで重要ですが、今のあなたに最も重要なのは、アスモデウスのことです」

「あ、そうだ……。この辺りで見かけたひとがいたんでしたっけ」

「はい。パトロールをしていたトーキョー支部の天使がそのような報告をくれました。ゆえに、私がこうして出向いたのです。私はもう少し巡回を続けますが、ツカサも気を付けて下さいね」

「は、はい。お気遣い、有り難う御座います……」

「いいえ。今日もまた、健やかなる日を過ごせますよう」

私に祈りをくれるアザリアに、ぺこりとお辞儀をして返す。私が路地に入るまで、彼はにこやかに見送ってくれた。

「アスモデウス……か」

特徴を聞き忘れてしまったが、一体、どんなひとなのか。やはり、伝説にあるように、三頭の持ち主なのだろうか。

「でも、そんな姿で神保町をうろついてたら、それこそ、職務質問されちゃうしな……」

本庁がある霞《かすみ》が関《せき》だって、それほど遠くない場所にある。三頭の魔神がその辺を闊歩《かっぽ》していたら、たちまち包囲網が敷かれるだろう。

騒然となる神保町を想像して、私は振り払うように首を横に振った。

兎《と》に角《かく》、亜門にでも聞いてみよう。

そう思いながら、私は路地から、いつもの新刊書店へと向かったのであった。


私の勤務先である〝止まり木〟の入り口は、神保町のランドマークと化している新刊書店の四階にある。

エスカレーターを駆け上がり、規則正しく並べられている本棚を抜け、奥にひっそりとある木の扉を開けると、ふわりと珈琲の香りが優しく私を包んでくれた。

「お早う御座います。今日は、どちらかに寄られていたのですかな？」

奥のソファから、賢者さながらの眼鏡の紳士——亜門がやって来る。腕時計を確認すると、出勤時間から十分が過ぎていた。

「遅刻しちゃってすいません……。ちょっと、アザリアさんと会って」

「おや。左様ですか」と、亜門は眼鏡の向こうにある猛禽《もうきん》の瞳を光らせる。

「何か、トラブルでも？」

「うーん、トラブルというわけでもないんですけど……。どうやら、この辺りでアスモデウスさんの姿を見た天使がいるとかで」

「アスモデウス公の」

興味深げだった亜門の表情が、僅《わず》かに曇る。

一瞬だったが、見逃さなかった。いいや、見逃せなかった。

「その、アスモデウスさんって……怖いひとなんですか？」

「いや、何と申し上げたらいいやら」

亜門は顎《あご》に手を当てて思案する。

立場としては、亜門と同じく魔神だ。交流があるようなことも言っていた。

しかし、アスモデウスはサラを通じて人間を殺している。人間を好み、慈しむ亜門としては、複雑な感情を抱いているのだろうか。

「アスモデウス公は、気さくな方です。博識で、本もお好みですな」

亜門は、サイドテーブルの上に積み重ねられた、本の山を見やる。ここのところ、ずっと積み上げられたままだったものだ。重厚な装丁の洋書がどっしりと鎮座していて、或《あ》る種の威圧感を醸し出していた。

「もしかして、その本って……」

「アスモデウス公が持ち込まれたものですな。査定中の古書です。あと少しなのですが、読書の方が捗《はかど》ってしまいましてな」

亜門は溜息交じりにそう言った。恐らく、査定をしている本をついつい読んでしまうのだろう。亜門らしいが、店主の仕事としては致命的だ。

「アスモデウスさんは、よくいらっしゃるんですか？」

「はい。基本的には深夜零時の鐘と共に、新刊書店を通らず、魔の領域から我が隠れ家にやって来るのです」

「へぇ……」

私と時間が合わない客というのは、アスモデウスのことだったのだろうか。

それにしても、日付変更とともに闇《やみ》を伴ってやって来るとは、昼夜問わず気まぐれで嵐《あらし》のようにやって来るコバルトとは随分と違う。

「アスモデウス公は、人間を好んでおります。しかし、我々のそれとは少々違いますな」

「その……、サラさんに近づいた男を殺していたって……」

「ええ」と亜門は重々しく頷いた。

「故に、アザリア殿に退けられてしまったわけですな。とは言え、元々、アスモデウス公もまた異教の神なので、天使らが目の敵にしている存在でもあるのですが」

亜門もコバルトも、元々は人間に恵みをもたらしてくれる神様だった。

しかし、アザリアらの主たる神が信仰の力を欲するがゆえに、魔のものとされ、魔の領域に堕《お》とされてしまった。

元神様とは言え、古い文明の神様なので、ふたりは時折、ワイルドで血なまぐさい一面を見せることもある。だけど、根は優しく、温かかった。

「アスモデウスさんも、元々は神様だったんですね。じゃあ、サラさんの件も、価値観の違いや深い事情があったんじゃないんですか？」

私は、そう思いたい。

そんな気持ちを胸に尋ねてみるものの、亜門は首を縦に振らなかった。返って来たのは、沈黙だった。

「亜門……？」

「それが、彼は少々事情が違うのです」

「事情が違う？」

「はい。異教の神と言っても、魔神でしてな。彼は生まれながらにして、魔神なのです」

生まれながらにして魔神。その言葉が持つ意味を考えると、背筋に冷たいものが走る。

つまりは、最初から魔神としての価値観を持ち、魔神としてサラに近づいた男を殺したということなのか。

「じゃあ、亜門達とだいぶ違いますね……」

「そう……ですな」

亜門は眉間《みけん》に皺《しわ》を寄せ、複雑な表情だった。

「私にとってのアスモデウス公は、単に友人のひとりなのですが、司君《つかさ》がアスモデウス公と対面するとなると、少々事情が変わるかもしれませんな。一時はふたりを引き合わせてみようとも思いましたが……」

亜門は言葉を濁す。冷静に考えると、嫌な予感が拭《ぬぐ》えなかったのだろう。

「この辺にいるってことは、僕も遭遇するかもしれないですね……」

「ただお会いするだけならば問題はありませんが、深入りは禁物ですな。彼があなたを誘って何処《どこ》かへ行こうとしても、やんわりと断るように。彼の本心は、私でも分からないことが多いのです」

亜門は私の目をしっかりと見つめて、言い聞かせるようにそう言った。

「そんな、子供じゃないんだから……」

「あなたは、私の大事な友人ですから」

改めて言われると、気恥ずかしい。「まあ、そうです……ね」と曖昧《あいまい》に頷いておいた。

「しかし、そんな状況だというのに、困ったことがありましてな」

顔でこう言った。
亜門は腕を組み、溜息を重々しく吐き出す。そして、まるで、この世の終わりのような
「困ったこと？」
「珈琲豆を、切らしてしまったのです」
「えっ、珍しい！」
「アスモデウス公が持ち込んで下さった本に夢中になっていたら、つい……」
亜門の指定席のサイドテーブルには、空になったコーヒーカップがあった。珈琲を何杯
もおかわりしながら、読書に没頭してしまった亜門が目に浮かぶ。
「それなら、僕が買って来ましょうか？」
「しかし、アスモデウス公が……」
渋る亜門に、私は苦笑する。
「むしろ、亜門がお店に残っていた方がいいと思いますよ。アスモデウスさんと入れ違い
になるといけないし。それに、アスモデウスさんだって、会っていきなりどうこうするわ
けじゃないでしょうし……」
そんな危険な相手ならば、私はしばらく店の外に出ないようにしたいものだが……、と
もかく、亜門は「そうですな」と頷いてくれた。
「さっきも申し上げたように、彼に会っても深入りをしないように。彼が当店に用事があ

るのなら、速やかに連れて来て下さると有り難いものですな」

「了解です」

私はそう言うと、脱ぎかけたコートを着直した。

「因《ちな》みに、珈琲豆は何処で買えば良いんですか？」

「この店のすぐ近くです」

亜門は奥へ行くと、カウンターの裏から何かを取り出す。それは、ショップカードだった。親切なことに、裏に店の地図が描かれている。

「あ、本当だ。すずらん通りを越えて少し歩くと着くんですね」

新刊書店から出てすずらん通りを越え、神保町シアターの横を通り過ぎ、少し行ったところに、その店はあった。

亜門は、引き出しから便箋《びんせん》を取り出したかと思うと、そこにサラサラと万年筆を走らせる。そして丁寧に折り畳み、白い封筒へと入れて、蠟《ろう》できっちりと封をした。

「どうぞ」

亜門に差し出されたそれを、私は戸惑いながら受け取る。

「えっと、これは……」

「買って来て頂きたい豆のリストです」

シーリングをされた封筒を前に、亜門はさらりと言った。

「いやいや！　こんなパーティーの招待状みたいな買い物メモ、見たことありませんから！」

「そうなのですか？　私としたことが、マナーを弁《わきま》えていなかったようですな……」

亜門は真剣な顔でショックを受けていた。

「司君、ご教授をお願いしても構いませんかな？」

「ご教授もなにも、その辺のテキトーな紙に、テキトーに書いてくれれば良かったんですけど……」

「適当な……」と亜門は辺りを見回す。だが、あるのは本ばかりであった。

「便箋以外に、メモに使える紙は御座いませんな。手帳はありますが、手帳の頁《ページ》を破るなど、紳士として言語道断ですからな」

「じゃあ、これでいいです……」

私はガックリと項垂《うなだ》れる。

封筒の手触りはよく、多少引っかけても破れなさそうな素材だった。きっと、お高いものなのだろう。

（こんなに見難《みにく》い買い物メモは、初めてだ……）

胸中でそう呟《つぶや》きながら、「行って来ます」と店を後にする。

「お気を付けて」

亜門の見送る声を背中で聞きながら、私は〝止まり木〟の扉を閉ざした。

新刊書店の店内BGMが聞こえ、お客さんの話し声が耳に入る。不思議な古書店ではなく現世に戻って来たのだと実感すると同時に、どっと疲れが押し寄せて来た。

「これ、どうしよう……」

手の中にある、立派過ぎる買い物メモに視線を落とす。手で封筒を破るのは不躾《ぶしつけ》過ぎるし、そもそも、封筒が厚手なので破れないかもしれない。

「確か、文具売り場があったっけ」

まずはそこで、カッターを調達しよう。お使いをするのはその後だ。

そう決意して文具売り場でカッターを買う。しかし、私を待ち受けていたものは、美し過ぎる筆記体で書かれた、全く読めない買い物メモであった。


地図を眺めながら新刊書店を出るものの、空の雲は更に色濃くなっていた。

亜門に傘を借りれば良かったかと思うが、濡《ぬ》らすのも憚《はばか》られるような高級な傘を差し出されそうだと思い、首を横に振る。

それよりも今は、お使いだ。

店は近くにあるし、簡単なものかと思ったが、まさかの落とし穴が待っていたとは。

「読めないから教えて下さいって、戻るわけにもいかないしな」

一先《ひとま》ずは進もうと、私はすずらん通りに出る。

英語は苦手だし、珈琲豆にとても詳しいわけではないが、綴《つづ》られたアルファベットから豆の種類を導き出すことくらいは出来ると自負していた。しかし、達筆過ぎて読めないというのは、予想外だった。

「お店の人が読めることを祈ろう……」

私で読めないのならば、店員に読んで貰《もら》うしかない。それで駄目なら、恥を忍んで亜門に聞きに行こう。

そう決意しながら、すずらん通りから路地へ向かおうとした、その時だった。

「そこの青年」

「はい？」

掛けられた声に、思わず振り返る。そこには、長身の男が立っていた。

「そう、君さ。呼び止めてすまないね」

男は目深にかぶっていた中折れ帽を、そっと持ち上げる。すると、皮肉めいた笑みを湛《たた》えた貌《かお》が露《あら》わになった。

一目見て上等と分かるジャケットとシャツを纏い、その上には薄手のコートと、大きめのストールを掛けている。亜門のように気品が漂うものの、こちらは服をかなり着崩しており、独特のセンスとワイルドさが相俟《あいま》って、何処か退廃的な色気を帯びていた。

外見年齢も、亜門ほどだろうか。若い見た目に不釣り合いなほどの風格もあり、近寄り難い雰囲気を醸し出している。

しかし、その雰囲気とは裏腹に、気さくな調子でこう言った。

「悪いんだけどさ。道案内を、してくれないかな？」

「み、道案内、ですか？」

「そう。道案内。――ダメかい？」

男は微笑をこぼしながら首を傾げる。人が好さそうな笑みだが、何処となく毒気が漂っていた。

「そ、その、ご期待に添えるか分かりませんけど……」

「ははっ。そう萎縮《いしゅく》しないでくれよ。何も、たどり着けなければ取って食おう――なんて思っていないさ」

男は朗らかに笑うものの、その低い声には妙な甘ったるさがあり、ずっと聞いていたら胸やけしてしまいそうだ。私が女性ならば、もう少し違う感想を抱きそうだが。

「因みに、何処に行きたいんです？」

返答に困るような店だったらどうしよう。ここは古書の街の神保町なので、詳しい人しか知らないような古書店の名前を出されたらどうしよう。

不安を出来るだけ顔に出さないようにしながら、私は男の言葉を待った。

男はそんな心中を察しているのか、悪戯《いたずら》っぽい視線で私を見つめながら、こう言った。

「土産物《みやげ》を、探していてね」

「友人を訪ねるのに、手ぶらじゃあカッコ悪いだろう？　だから、菓子折りでも持って行こうと思ったのさ」

「あ、なるほど。確かに、何かあった方が喜ばれますね」

意外と普通だった。私は心底安堵《あんど》する。

「えっと、ご友人の好きなものって、何ですか？　寧《むし》ろ、苦手なものを教えてくれませんかね。絶対に外さないといけないものって、あるでしょうし」

「ふむ。苦手なものねぇ」

男は顎をさすって逡巡《しゅんじゅん》する。

「思いつかないな。彼は何でも食うだろうね。機会があれば、ヒヨコやウズラも一口でペロリだろうさ」

「わ、ワイルドなお友達ですね……」

男があまりにも愉快そうに言うので、冗談ではないのかとすら思ってしまう。というか、ヒヨコやウズラを一口で食べるなんて、人間の所業とは思えない。

「好きなものは珈琲だろうな。彼はよく飲んでいる」

「あっ、珈琲ならば、ちょっとは分かります。僕の友人も、珈琲が好きなので」

「ほう？」

男は、私が手にしたメモに視線を落とす。

「こ、これは、その友人の買い物メモで……。達筆過ぎて、読めないんですけど」

「ふむ。その程度であれば、吾輩《わがはい》が読んでやろう」

「えっ、本当ですか？」

「その代わり、土産物に相応《ふさわ》しいものを選んでくれると、有り難いんだがね。それで等価交換となり、互いの契約が履行される」

「契約って……」

悪魔みたいですね、という一言は口を噤《つぐ》んだ。初対面の相手にそれは失礼かと思ったのと、男にまとわりつく雰囲気が、実にそれらしいと思ってしまったからだ。

気を取り直し、私は脳内で神保町の地図を広げる。

「珈琲に合う食べ物って言っても、豆によって変わって来るんですよね。ほら、苦みが強かったり、フルーティーな香りがしたり、個性があるじゃないですか」

「ふむ」と男は愉《たの》しそうに頷いた。

何だか試されているみたいだと思いながらも、私は続ける。

「だから、もし、先方が好きな豆が分かれば、合わせる食べ物も選びやすいんですけど」

「吾輩はそこまで豆のことを知らないが、ブラジルのフルーティーな豆を出してくれるんじゃないかと思ってね」

そこまで知らないと言いながらも、男は的確にそう言った。

「だったら、餡子《あんこ》も合いますよ。神保町には、美味《おい》しい最中《もなか》を売っているお店があるんです。案内しますよ」

神保町が古い街だというお陰か、私が知る限りでも、美味しい和菓子屋さんが何軒かある。丁度、このすずらん通り沿いと、通りを抜けて少し歩いたところにもあった。神保町駅の交差点付近にもあるが、現在位置からでは少し遠い。

「えっと、それならば——」

私は、亜門から貰ったショップカードの地図を男に見せる。

「僕達がいるのが、この辺りです。で、近くならば二軒ありますね。どちらも近いですし美味しいので、訪問先に近い方で買って行けば良いんじゃないでしょうかね……」

「ふむ。ならば、こちらの通りを抜けたところにある方かな」

「〝さゝま〟ですね。案内します」

「ああ、頼んだよ」

私は記憶を頼りに、〝御菓子処さゝま〟という店へと向かう。男は、数歩後ろから、ゆったりとした足取りでついて来た。

それにしても、友人宅で振る舞われる珈琲の種類を、よく予想出来るものだ。友人宅には頻繁に訪れているのだろうか。

「……ご友人って、どんな方なんです？」

沈黙が気まずく、つい、尋ねてみる。すると、男は歩調を私に合わせて、肩を並ばせた。

「いい男さ。温厚で博識で、礼節を弁えている。居心地がいい相手でね。何だかんだ言って、長い間付き合っている」

まるで気の遠くなるような年月を共にしていると言わんばかりに、遠い眼差しで男は答えた。

「へぇ。いい友人なんですね」

「だが、面倒くさい男でもあってね」

「へぇ……」

羨《うらや》ましいと思ったのも束《つか》の間《ま》で、私の相槌《あいづち》は生返事になる。

「細かいことにこだわり過ぎたり、妙なところが繊細だったり。まあ、そこも含めて面白い男なんだがね」

男は肩をすくめる。

「こだわりが強いのと繊細なのは、僕の友人も一緒です。まあ、僕もそこを含めて好きなんですけど……」

「それで、力があるくせに平和主義者」

「ああ、正にそれです！　いや、平和は一番なんで、僕は心底有り難いと思ってるんですけどね」

「そうか。君も平和主義者か」

「ええ、まあ」

私の返答に、男は落胆したように溜息を吐いた。

「秩序を愛するというのは、理解が出来ないねぇ。安定や安心など束の間の夢。そもそも、停滞の象徴ではないかと思うんだ。人間は、争いながら発展して来ただろう？　発展があり、その裏で滅びがあり、常に移ろう混沌《こんとん》こそが、面白いと思うんだがね」

「でも、きっと僕は、滅びる側でしょうし……」

争いなんて御免被りたいと思う私に、男は首を横に振った。

「いけない。そいつはいけないよ」と、距離を詰め、私の肩を何度か叩《たた》く。

その掌《てのひら》は大きく、どっしりとしていた。彼が本気で私の肩を叩いたら、貧弱な私など吹っ飛んでしまいそうだ。

「向上心と自信は、常に持たなくちゃ」

「よく言われます……」

それでも、以前よりはマシになった方だ。昔は、ちょっとしたことでクヨクヨと悩み、墓穴を掘り続けていたが、今は少なくとも、墓穴を掘ることはなくなった。

「吾輩が見るに、君は欲が浅そうだ」

男の眼差しが、私を捉える。

よく見ると、彼の瞳は昏《くら》い金色だった。毒々しさを孕《はら》みつつも蠱惑《こわく》的なものが、その瞳の奥に宿っている。

その瞳に見詰められるのが恐ろしくて、私はつい、視線をそらす。いつの間にか握った拳《こぶし》には、汗がじっとりと滲《にじ》んでいた。

「よ、欲が浅いっていうことはいいことだと思うんですけど。少なくとも、あんまり揉《も》め事をせずに生きられそうですし」

「揉め事を——いや、競争をせずに、生きていく価値というのはあるのかな」

「どういう……ことです……？」

男の言葉が気になって、つい、視線を戻してしまった。

すると、男がにやりと笑って答える。

「そのまんまの意味さ。欲深いということは、同時に、競争心が強いということになる。競争心が強ければ、向上心も強い。そうやって、成長していく。生き物とは、そういうものだろう？」

私が答えに困っていると、男は続けた。

「例えば、ライバルがいると、更に成長しようと思うだろ？　競争心が励みになるのさ。そうやって、能力を向上させ、他者を蹴落《けお》とし、頂点に立つ。それの繰り返しが、歴史を作るのさ。君はそんな歴史の、一頁になろうという野心はないのかね」

「ない、ですね……」

「それは、怖いからかい？」

男は挑発的な笑みを浮かべる。私の中で、何かが燃え上がりそうになるのに気付いた。

「……はい」

「勿体《もったい》ないねぇ」と、男は茶化すようにそう言った。

「折角、若さがあるっていうのに。若いということは経験が浅いということだが、体力があるということでもあるからね。体力があるうちに無茶をするものさ」

やけに年寄りくさい説教だ。彼も、見た目は若いというのに。

「そのままだと、本当に欲しいものも手に入らないよ」

男が、囁《ささや》くようにそう言った。

本当に欲しいもの。その言葉に、私は魂を揺さぶられるのを感じる。

他人を押しのけてまで欲しいものは、私にもあった。亜門とコバルトと私のハッピーエンドは、何を犠牲にしても手に入れたいと思っていた。

それを見抜いているかのような男に、視線を返す。すると、男はおどけるように笑った。

「そんなに怖い顔をして睨《にら》まないでくれよ。何も、君を非難しているわけじゃないんだ。ただ、若者には、悔いの無いように生きて欲しいだけさ。人生は一度っきりって言うだろう？」

「……そう、ですね」

男は、ぽんと軽く肩を叩く。すると、身体にまとわりついていた毒気が落とされ、ふっと軽くなるのを感じた。

それでも、それ以上喋る気力が湧《わ》かず、私は黙々と男を案内する。

すずらん通りを抜けた私達は、〝御菓子処さゝま〟までやって来る。明大通りの坂の下にあるそのお店は、小ぢんまりとした造りだが、そこに刻まれた歴史を感じさせる佇まいだった。

亜門曰《いわ》く、昭和初期の頃から、ここで店を構えているらしい。元々はパン屋だったというので、驚きだ。

「風情を感じさせる、良い店じゃあないか」

男もまた、納得したように頷いた。「お気に召して頂けて良かったです」と私も胸を撫《な》で下ろす。

「さて。君は契約を履行した。今度は吾輩の番だ」

男は大きな手を差し出すので、亜門のメモを手渡した。

そう言えば、一人称が『吾輩』だなんて、随分とキャラが濃い。日本人離れした彫りの深い容姿だが、外国の人なんだろうか。

「上から読み上げよう。まずは、〝神保町ブレンド〟」

「あっ、待って下さい」

私は慌てて、鞄《かばん》からメモ帳を取り出そうとするが、見当たらなかった。仕方ないので、携帯端末にメモをすることにした。

「というか、〝神保町ブレンド〟なんていう珈琲があるんですね……」

「この店のオリジナルじゃないのかな？　さて、続けるよ」

「は、はい」

男は流暢《りゅうちょう》に、買い物メモを読み上げる。

「〝パナマ・ゲイシャ〟、〝エメラルドマウンテン〟、〝ブラジル・イエローブルボン〟をいずれも二百グラムずつ——だってさ。あと、自分の好きなものを買っていいと書いてある」

「えっ、本当ですか？」

「吾輩が、嘘《うそ》を吐くように見えるかい？」

男は、左右非対称ににやりと笑う。

思う。

私はそう言いかけて、口を噤んだ。男の笑みは、あまりにも胡散臭い。

「それは、嘘を吐くように見えると思っている顔だね」

「……すいません」

「ははっ、君は正直な男だ。好感が持てるよ」

男は私の肩を軽く叩く。「それは、どうも……」と応じるしかなかった。

「代金は後で精算すると書いてある。まあ、こんな読み難いメモを寄越《よこ》すような友人なんだ。とびっきり高い珈琲豆を買って、驚かせてやれば良いさ」

「いや、流石《さすが》に……。友人兼雇用主ですし」と、私は苦笑する。

「ならば、尚更《なおさら》だ。悪い雇用主には、反撃を喰《く》らわせてやるといい。なぁに、そのくらい可愛《かわい》いものさ。彼ならば笑って許してくれるだろう」

「いやいや。笑って制裁をするのがあのひとなんで……」

ん？

私は違和感に気付いた。男の方を見やると、彼は〝さゝま〟の引き戸を引き、店に入るところだった。

「もしかして、あなたは亜門の――」

「また会おう。賢者の友人にして小間使い」

男は中折れ帽を目深にかぶると、ひらりと片手を上げて別れを告げる。こちらが言葉を返す間もなく、引き戸をぴしゃりと閉めてしまった。

「一体、何だったんだ……」

上手《うま》く掌の上で転がされてしまったような気がする。

と言うか、彼は亜門の知り合いなのか。そして、訪ねる相手というのは亜門なのか。

そう仮定すると、或る可能性が浮かび上がる。

あの中折れ帽の男の正体こそ、実は――。

「……深く考えないようにしよう」

私は頭を振る。彼から漂っていた、毒にも似た雰囲気を振り払うように、コートの襟を正した。

今はとにかく、亜門のお使いを終わらせよう。

そう胸に決めて、私は和菓子処を後にしたのであった。


亜門が指定した店で珈琲豆を詰めて貰い、私は紙袋を抱えて新刊書店に戻る。

「結構な値段になったたな……。お金をおろした直後で良かった……」

中でも、〝パナマ・ゲイシャ〟が一番高かった。それだけ良い豆なのだが、私の財布は空っぽになってしまった。

「これは早く精算して貰わないと、僕の食費が無くなる」

亜門は偶《たま》に、現金を持っていない時がある。そんな時、何処から入手したのかよく分からない宝石類を差し出されるが、私にそれらを換金する能力はない。

四階までやって来ると、奥にある木の扉に手を掛ける。

「戻りました」

「お帰りなさい、司君」

扉を開けば、店に染みついた珈琲の香りと、亜門の穏やかな声が私を迎える。

だが、古書店のテーブル席には、人影があった。一瞬、あの中折れ帽の人物かと思ったが、小柄な女性だった。

「あ、お客さんが来ていたんですね」

「ええ。今、お話を聞いていたところです」

「いらっしゃいませ」と挨拶をしつつ、さり気なく女性の様子を盗み見てみたが、その表情にぎょっとした。

若い女性だった。ロングヘアに長いスカートで、ナチュラルな化粧から、清楚《せいそ》な印象もあった。

しかし、そんな女性が、唇をきつく結び、目を真っ赤に腫《は》らしていたのだ。

「恋人が、浮気をしていると申されておりましてな」

亜門は私に、軽く説明をしてくれる。彼女もまた、唇を噛《か》み締めたまま、深く頷いた。

彼女は、浅野真穂《あさのまほ》と名乗った。

彼女には交際相手の男性がおり、最近、その男性となかなか会えなくなってしまったのだという。

相手とは高校時代からの付き合いで、二人とも、現在は大学生らしい。しかし、別々の大学に通っているので、相手が普段何をしているかが分からなかった。

「三カ月前までは、毎週末に会ってたんです。SNSでのやり取りもよくしてたし。でも、最近はサッパリ会えなくて。私が何とか時間を見つけて会おうと思っても、『忙しい』って断られちゃうんです」

浅野真穂の目には、涙がたまっていた。小さな拳を膝《ひざ》の上に置いていたが、それもぶるぶると震えている。

「彼は、どうして忙しいのですかな？」

「分かりません。教えてくれないんです。だから、浮気じゃないかって」

「ふむ……」

亜門は顎に手を当てる。

「そう決めつけるのは、早いと思うけどな……」

私は思わず呟いてしまった。それを聞いた彼女は、眦《まなじり》を決してこちらをねめつける。

「じゃあ、何だって言うんですか！　疚《やま》しいことが無ければ、教えてくれるはずでしょう⁉　もうすぐ、付き合ってから五年になるっていうのに、こんな態度を取られるなんて……」

「す、すいません……」

凄《すさ》まじい剣幕に、私はつい、謝ってしまった。

「ほう。付き合って五年、ですか」と亜門が問う。

「はい。丁度一カ月後に記念日が来るんですけど、この調子だと、約束も取り付けられなそうで」

彼女はしょんぼりと目を伏せる。

きっと、約束をするのが怖いのだろう。断られたら、その時こそ、縁が切れた証拠だから。

なるほど。確かに、〝止まり木〟の珈琲の香りに引き寄せられる条件が揃《そろ》っている。

ここは、縁が切れそうな、もしくは切れてしまった人間が集まるところだから。

「不安と焦燥が曇りとなり、真実が見えなくなっているのかもしれませんな」

「えっ……？」

彼女は、亜門の言葉に目を瞬かせる。

亜門はソファから腰を上げると、古書店の一角にある本棚へと向かった。そして、数ある背表紙の中から、一冊の文庫本を取り出す。

「オー・ヘンリーという作家はご存知ですかな？」

「えっと、聞いたことなら……」と浅野真穂は自信なげに答える。

「結構。彼はアメリカの小説家でしてな。主に、掌編や短編を得意とするのです。有名な話ですと、〝最後の一葉〟ですかな」

亜門が挙げたタイトルに、「あっ」と私と彼女が声をあげた。

「ふむ。やはり、ご存知でしたか」

「え、ええ。確か、こんな話でしたっけ」

私は、記憶の糸を手繰り寄せながら粗筋を語り出す。

病に侵された女性がいた。

彼女は、病室から見える、蔦《つた》の蔓《つる》に残っている最後の一枚の葉っぱを見て、あれが落ちたら自分は死ぬのだという。しかし、葉は嵐になっても、いつまで経《た》っても落ちなかった。

それのお陰で女性は回復するのだが、実はその葉は、女性のために描《か》かれた絵だった。

「概《おおむ》ね、そのような内容ですな。葉を描いたのは、老いた画家でしてな。病気の女性のために、命を投げ出して傑作の一葉を描いたのです」

「あっ、そうでしたね。読みはしたものの、記憶があやふやで」

私は恥じ入りながらそう言った。浅野真穂もまた同じ程度の認識だったようで、私に合わせるように頷く。

「まあ、大まかな内容を知っていれば良いでしょう。彼は他にも、数多《あまた》の作品を生み出しておりましてな。それが、この中に幾つか収録されているのです」

亜門が手にしたのは、〝オー・ヘンリー傑作選　千一夜物語〟というタイトルの本だった。

「この中に、〝マディソン・スクェア千一夜物語〟という話がありましてな。私はこの話を気に入っているのですが――」

私の記憶になかった。浅野真穂もまた同じだったようで、私達は顔を見合わせる。

「ふむ。お二人ともご存知ないようですので、私が語って聞かせましょう。その前に、司君」

亜門がこちらへと手を差し出す。私はハッとして、紙袋を手渡した。

「有り難う御座います。精算は、後ほどでも？」

「大丈夫です。今日中に現金で払って下さるなら……」

「……………ふむ。恐らく、あるでしょうな」

亜門の視線が、一瞬だけ泳いだのを私は見逃さなかった。宝石払いになるのを避けたかったが、客がいる手前、これ以上のツッコミは出来なかった。

亜門はサイフォンで珈琲を淹れてくれる。浅野真穂のコーヒーカップは空になっていたので、新しいものを用意した。

「お客さんに出す分はあったんですね」

「はい。しかし、自分で楽しむ分がありませんで」

「ははは、それは一大事ですね……」

私も、近くの席へと腰掛ける。私達がコーヒーカップに口をつけると、亜門は静かに朗読を始めた。

マディソン・スクェアの近くに居を構えている主人公チャーマーズは、旅行中の妻に疑惑を持っていた。或る女性から、妻への当てこすりのような手紙が来たためだった。

そこで、チャーマーズは、気を紛らわせるために、浮浪者を呼びつけてともに食事をしようとしたのだ。

そこで呼ばれたのが、プルーマーという男だった。彼は元々、有名な肖像画家だったのだが、或ることを切っ掛けに、没落してしまったのだという。

その原因というのが、彼の不思議な能力の所為《せい》だった。

彼の絵は、モデルになった人物の本質を映し出すものだった。どんなに外面を取り繕っている者でも、その卑しさが絵に出てしまうのだ。その所為で、彼に肖像画を頼む人間はいなくなってしまった。

しかし、チャーマーズは、プルーマーに妻の写真を元に、彼女の絵を描いて貰った。

そこに描かれたのは、巨匠の作品と言えるべき絵であり、天使のような妻の姿だった。

これによって、チャーマーズは妻への疑惑を払拭《ふっしょく》することが出来たのである。

物語を読み終わった亜門は、本を閉じる。その音で、私は千一夜物語の世界から現実に引き戻された。

「思い出しました。僕もその話、知ってました……」

「オー・ヘンリーは多くの作品を遺《のこ》しておりますからな。タイトルを忘れてしまうのも、致し方ありません」

私の言葉に、亜門は苦笑する。

「それにしても、不思議な話なんですけど、いい話ですね」

浅野真穂は、目を輝かせて聞いていた。亜門は、「ええ」と頷く。

「切れかけていた妻への縁を、プルーマーが上手く紡いだわけですな。さて、このチャーマーズの状況は、真穂さんと少し似ているわけですが」

「そう――ですね。でも、こちらにはプルーマーさんがいないし……」

「その代わり、この魔法使いがおります」

亜門は、賢者の眼差しで微笑《ほほえ》んだ。

「魔法使い――って、何かの喩《たと》えですかね。もしかして、プルーマーさんみたいに、彼の絵を描いてくれるんですか？」

「いいえ。残念ながら、絵心はそれほどありません。しかし、多少の助言ならば出来ます」

「助言……」

浅野真穂は、少しだけ姿勢を前屈《まえかが》みにする。聞きたくてしょうがないといった風だ。

「真穂さん。恐らく、プルーマー氏は物事を客観的に見ることが出来たのでしょう。それを、彼は無自覚のうちに発揮し、絵に反映させていたのです。彼の表現力は、彼だからこそと言うべきものなのですが、客観的な目は、彼でなくても持てるものです」

「客観的って……。それじゃあまるで、私の思い込みが激しいみたいじゃないですか」

不満げに口を尖《とが》らせながら、浅野真穂はそう反論した。

「真穂さんの思い込みが特別激しいわけではなく、彼を想《おも》い過ぎるがゆえに冷静ではなくなっているのです。ここは、鏡のような心を持って頂きたいものですな」

亜門にぴしゃりと言われ、浅野真穂は黙り込んでしまった。そんな彼女に、亜門は苦笑する。

「とは言え、想いが強ければ強いほど、それは難しいものでしょうが」

「……マスターさんは、どう思います？」

「彼は、浮気をしていると思います？　それとも、そうじゃないと思います？」

自分にはもう分からないと言わんばかりに、彼女は頭を振った。きっと、ここに来るまでにずっと思い悩んでいたのだろう。すっかり、疲弊した表情だった。

「私は、彼のことを知らないので、何とも言えませんな」

「そう、ですよね……」

「なので、彼のことを調べましょう。あなたも、妻の本当の姿を描いて貰ったチャーマーズ氏のように、勇気を持つのです」

「彼のことを、調べる……？」

「あなたと共に居ない時間、彼が何をしているのか、知りたくはありませんか？」

亜門はやんわりと尋ねる。まるで、無理しないようにと気遣うかのように。

彼女は、しばらくコーヒーカップを見つめていた。その沈黙は長く、永遠にそうしているかもしれないとすら思った。

しかし、彼女は決意したように頷くと、珈琲を一気に飲み干す。そして、カップを下ろしたかと思うと、こう言った。

「知りたいです。私も時間が限られているのに、それを断る理由を、ちゃんと知っておきたいです。もし、本当に浮気をしていたら、ぶん殴ってやる」

「どう、とは？」

彼女は拳を固く握りしめた。小さな拳だったが、その決意の分、繰り出されるパンチは痛そうである。

「分かりました。それでは、まずは彼の情報を集めなくてはいけませんな。彼の大学はどちらですか？　授業は、どのように取っているのですかな？」

亜門に尋ねられ、彼女は彼氏の情報をぽつぽつと教えてくれる。

果たしてそれを聞いてしまっていいのか疑問だったが、私もまた、亜門を手伝うべく、割り切って聞くことにした。全《すべ》て解決してから、綺麗《きれい》サッパリ忘れれば問題ないだろう。

「司君。大学の場所について教えてくれますかな？」

「あ、はい」

亜門に指示されるがまま、携帯端末で大学の場所を調べたり、周辺の情報を検索したりする。亜門は何かが分かる度に、手帳に書き込んでいった。あの、達筆過ぎる筆記体で。

（あの筆跡、しばらく夢に出そうだな……）

読みたいのに読めない。そんな悪夢にうなされそうだ。

そんなことを考えていると、亜門は「成程」と相槌を打った。いつの間にか、真実の欠片《かけら》を捉えられたらしい。

「何か分かりました？」と浅野真穂は身を乗り出す。

「はい。大まかな予想はつきました。あとは、現地に出向いてみましょう」

そう言って、亜門は手帳をパタンと閉じ、席を立ったのであった。

浅野真穂の彼氏は、神保町の近くの大学に通っていた。しかし、亜門が訪れた先は大学ではなく、スポーツ用品店だった。神保町は大学も近いので、若者がよく行く店も多い。オシャレなスポーツウェアがずらりと並ぶ中、浅野真穂は忍者のように姿勢を低くして店に入る。私もつられて身を屈めるが、亜門は堂々と店内に入って行った。

「マ、マスターさん。私が来たとばれたら、彼が逃げちゃうかもしれないじゃないですか」

「これは失礼。しかし、私が身を屈めても、それほど効果があるとは思いませんでな」

確かに、長身の亜門が姿勢を低くしても、店内に所狭しと置いてあるスポーツ用品に隠れることはない。むしろ、悪目立ちをして、不審者だと思われてしまう。

「それはそうですけど……」

「それに、そこまで疚しいことをしているとは思えませんからな。大学の授業をきっちりと取り、その合間にあなたと会っていたということで、彼は真面目《まじめ》な人物だと予想しました。恐らく、何らかの事情があるのでしょう」

「でも、それならば私に相談してくれればいいのに……」

浅野真穂はうつむく。亜門は、そんな彼女に苦笑した。

「普通であれば、そうですな。しかし、相談出来ないこともあるのです」

「相談出来ないこと？」

「それは、本人に直接伺った方が良いでしょう。大学の場所と授業の履修状況。そして、彼の趣味が身体を動かすことであることを鑑《かんが》みて、ここにいると思うのですが――」

亜門は店の奥へ視線をやる。すると、客がやって来たのに気付いた店員が、軽い足取りでやって来た。

「いらっしゃいま――せ⁉」

店員の青年は、浅野真穂を見るなり、目を剝《む》く。彼女もまた、「あーっ」と声をあげた。

「勝也《かつや》、どうしてここに！」

勝也というのは青年の名か。店の奥へと逃げようとする彼の首根っこを、浅野真穂は鷲《わし》摑《づか》みにした。

「ちょ、ちょっとアルバイトを」

「見れば分かるわよ！　何でアルバイトをしているか聞いてんの！」

鬼の形相で迫る浅野真穂だったが、亜門がそれをやんわりと制した。

「お待ちください。そんなにいきり立っては、真実が映し出せませんぞ。ここは、波の立たない水面のような心にならなくてはいけません」

亜門に窘《たしな》められ、浅野真穂は何とか気持ちを落ち着かせる。勝也の方は、涙目で胸を撫で下ろした。

「大丈夫ですか……？」と声を掛けると、「は、はい」と死にそうな声で答える。

背は高いが線が細く、顔立ちも穏やかで、浮気をするようには見えない。というか、波風を立てるのを厭《いと》いそうな雰囲気だ。仮に波風を立ててしまったら、その所為で彼が吹き飛ばされてしまいそうである。

騒ぎを聞きつけたのか、奥から年上の店員が顔を出すが、亜門が紳士然とした笑みでそれを制する。

「さてと。本当は、落ち着ける場所で話したかったのですが、勝也君の方はまだ勤務中でしょうからな。単刀直入にお尋ねしましょう」

「は、はい」

勝也はすっかり顔を青くして、ひっ捕らえられた囚人のように震えていた。

何を想像しているのか分からないが、最悪のシナリオでも描いているのだろうか。確かに、内緒にしていたアルバイト先に、恋人が長身の紳士とよく分からない男を伴って現れたら驚くだろうが。

しかし、彼の状況を見ていると、ますます以《もっ》て、浮気とは遠い気がした。

それでも浮気と思うのだから、浅野真穂は冷静ではなかったのだろう。それも、彼を想うがゆえなのだろうか。

「真穂さんは、あなたが他の方に気があるのだと思っていたようでしてな。そこで、この魔法使いである私に相談なさったのです」

「浮気だって⁉」

勝也の声が裏返る。

またもや、奥にいた店員が顔を出すが、亜門は「お気になさらずに」と紳士的な笑みを返した。

「と、と、とんでもない。僕こそ、君がもしかしたらと思って……」

勝也は遠慮がちにそう言った。あまりにも曖昧な言い方に、浅野真穂は、一瞬何を言われたのか分からないという顔をしていた。

「もしかしたらって……、私が、浮気をしたとでも⁉」

「い、いや。疑ってたわけじゃないけどさ。最近、忙しそうにしてたじゃないか。君が会えるっていう時間も限られてて……。それで、結局都合がつかなくて……」

「その時間は、アルバイトをしていたわけですな」

やんわりとした亜門の問いかけに、「はい」と勝也は申し訳なさそうに頷いた。

「真穂さんも、時間が限られているとおっしゃっておりましたな。その理由を、お尋ねしても構いませんか？」

亜門は浅野真穂に水を向ける。

すると、彼女はとても言い難そうに、こう答えた。

「私も、バイトを始めたから……」

「ほう。その理由を、お伺いしても？」

「お金が……欲しかったんです」

今度は、勝也が浅野真穂を食い入るように見つめる番だった。彼女は、気まずそうに目をそらす。

「何に使うための、お金を貯《た》めようとしたのですか？」

亜門は更に質問をする。すると、彼女は黙り込んでしまった。

我々の間に、沈黙が下りる。店内には、有線ラジオから入る明るいラブソングが流れていた。今はそれすらも気まずい。私はそう思うものの、当事者達の耳には入っていないようにも見えた。

たっぷりと時間をかけて、浅野真穂は口を開く。唇はすっかり乾き、吐く息は重かった。

「その、もうすぐ記念日だから……。勝也に何か、プレゼントをしたくて……」

本当は、当日まで黙っていたかったんだけど。と、彼女は悔しげに呻《うめ》いた。

「成程。サプライズということですな」

亜門の言葉に、浅野真穂は頷く。

一方、勝也は目を見開いたまま固まっていた。眼球は揺れ、唇が戦慄《わなな》く。そこから漏れたのは、「ぼ、ぼ、僕も」という同意の言葉だった。

「え？」

「僕も、同じだ。君にサプライズをしたかったんだ。でも、ひとり暮らしでカツカツだし、バイトをしなきゃって……！」

「そ、それじゃあ……」

二人は驚いた顔のまま、見つめ合う。

つまりは、二人ともお互いのことを想っていて、記念日にサプライズプレゼントをするつもりでいたということか。恋人に会うという貴重な時間を割いて、恋人のために働いていたというのか。

二人が同時に息を呑《の》む。次の瞬間、二人は無言で抱き合った。

浅野真穂は勝也をきつく抱きしめ、勝也は彼女の背中を優しく叩く。そこに、言葉は要らない。心が通じ合った二人の顔は、幸せそうだった。

亜門はそれを満足そうに見つめると、こう言った。

「これ以上、ここに留《とど》まるのは野暮ですな」

「そうですね。我々はここで退散しますか」

私達は、奥からこっそりと様子を見ていた店員に会釈をし、そっと店を立ち去ったのであった。

新刊書店に向かう途中の路《みち》は、いつもより賑やかで、明るく見えた。だが、祭があるわけでも、いつもよりも通行量が多いわけでもない。きっと、ハッピーエンドを見届けられた私の心が、晴れていたからだろう。

そんな私を見て、亜門は微笑ましげな顔でこう言った。

「いやはや。〝マディソン・スクェア千一夜物語〟かと思いましたが、〝賢者の贈り物〟でしたな」

亜門はそう言って、〝賢者の贈り物〟の粗筋を説明してくれた。


或るところに、貧しい夫婦がいた。

クリスマスが翌日に迫っていたが、妻には夫にプレゼントをするお金がなかった。夫婦は貧しかったが、二つの宝があった。それは、妻の美しくも長い髪と、夫が持っている、祖父の代から受け継がれていた金時計だった。

そこで、妻は美しい髪を売ってしまい、夫の金時計につけるための高価な鎖を買った。

しかし、夫もまた、自身の金時計と引き換えに、妻のための高価な櫛《くし》を買っていた。

二人はお互いを想うがゆえに、自分の宝を犠牲にした。

そんな、尊い賢者達の話だった。

「それは覚えてます。それも、オー・ヘンリーの作品でしたよね」

「ええ。彼の紡ぐ物語は傑作揃いですからな。人生の教訓になることもままあります。それに加え、基本的に掌編や短編なので、物事の合間に読めるのです」

「通勤の時に読むのに丁度ですよね」

「時間の無い現代人にお勧めですな」

亜門はパチンと片目をつぶった。それに対して、私は苦笑を返す。

私もまた現代人だが、大らかな雇用主のお陰で、せかせかせずに済んでいる。

そんな私の前で、亜門は思い出したように懐を探る。取り出したのは、手帳のように薄い文庫本だった。

「あれ？　それは……」

「真穂さんの本です」

「いつの間に、彼女の人生を本にしたんですか」

「あなたが来る前に、契約を結んだ相手の人生を本にする魔法が使える。よく、それを手掛かりにして問題を解決するが、今回はそうするまでもなかったのだろう。

クリーム色の表紙に、朱色の縁取りがしてある、地味だが上品な本だった。無題だった本には、タイトルが浮かび上がる。

〝賢者の紛らわしい贈り物〟となっていた。

それを見て、亜門はくすりと笑う。

「真穂さんも勝也君も、お互いに会うという貴重な時間を犠牲にして、お互いのためのプレゼントを買おうとしていたわけですが、それがとんだ誤解を招くことになってしまいましたからな」

「ははは……。恋は盲目って言いますし、お互いを想っているからこそお互いが見えなくなる時もあるんですね」

「左様。常に、白紙のカンバスのような心を持っていたいものですな。とは言え、生きていく中で心は様々な色に染まるので、難しいことではありますが」

亜門は、浅野真穂の文庫本を丁寧に撫でる。きっと、ハッピーエンドを迎えたそれも、亜門の書棚に並ぶのだろう。

そうこうしているうちに新刊書店が見えて来た。「ああ、そうそう」と亜門は思い出したように声をあげる。

「司君が買って来て下さった珈琲を、改めて頂きましょう。あの中で、気になった豆はありますかな？」

「えっと……」

あの、やたらと高かったパナマ・ゲイシャが頭を過《よ》ぎる。以前、飲ませて貰った気がするが、値段を知った今、改めて味わってみたくなった。

「それじゃあ、パナマ――」

「ブラジル・イエローブルボンを、頼めるかな？」

ねばりつくような声が、私達を射貫《いぬ》く。

亜門がハッとして振り向くと、路地裏から中折れ帽を目深にかぶった男が現れた。

「あっ、さっきの……」

「つい先ほどぶりだねぇ、賢者の友人にして小間使いの君」

中折れ帽の男は、〝さ、ま〟の紙袋をぶら下げていた。彼が出て来たのは、新刊書店のすぐわきにある道からだった。

「土産を持って訪ねて行ったら、扉が現れないものでね。駄目だよ、店主殿。店を勝手に臨時休業にしちゃあ」

「失礼しました。もう少し遅いタイミングでいらっしゃると思いましてな」

亜門は中折れ帽の男に頭を下げる。ふたりを交互に見比べる私に、亜門はこっそりと耳打ちをした。

「彼は――」

「アスモデウス」

中折れ帽の男は、低い声でそう名乗った。

「名前くらい、聞いたことはあるだろう？」

口角を吊《つ》り上げ、左右非対称の笑みを浮かべる。

ああやはり、そうだったのか。

納得すると同時に、畏怖《いふ》が胸を包み込む。自分で予想するのと、改めて、本人の口から名乗られるのとでは違う。自然と、背筋が伸びた。

「えっと、その、僕は……」

自己紹介をしようとする私を、亜門が制した。彼は私とアスモデウスの間に割って入るようにして、前に出る。

「名乗り合うのは、我が隠れ家に戻ってからにしましょう。外で長居をしては、下手な騒ぎに繋《つな》がる可能性がありますからな」

亜門は上空を見上げる。

空は一層、暗い色になっていた。やけに生温い風が全身を撫でる。嵐でも起こりそうな雰囲気だ。

「確かに。天使どもがやって来たら面倒だ。まあ、返り討ちにしてくれるがね」

「私は、争い事は御免です。特にこの神保町には、貴重な書物が沢山ありますからな」

「侯爵殿は、本当に平和主義者だ」

さっさと新刊書店に入る亜門の背中に、アスモデウスは挑発的な笑みを浮かべる。だが、彼はマントのようなストールをなびかせ、素直について行った。

「……何だかなぁ」

波乱の予感しかしない。

そう思いながら新刊書店に入ろうとする私の頰《ほお》に、大きな雨粒が落ちて来た。遂に、降って来たようだ。

ぱらぱらと雨の音に追われるようにして、私は魔神ふたりを慌てて追いかけたのであった。

コートを脱いだ私は、早速、亜門とともに珈琲を淹れる準備をする。

亜門が豆を挽《ひ》く傍らで、棚にずらりと並んでいるカップの中から、三人分のカップを用意しようとした。

「吾輩はミントンのカップで」

棚に手を伸ばした私に、アスモデウスの声が投げられる。

「えっと……」

「上から二段目、右から三つ目にある、金の箔押しのカップです」

亜門はコーヒー粉をサイフォンに入れながら、さらりと助言をしてくれた。確かに、白磁に紺色のエナメルに、金の華の箔押しが施されているカップがある。私は慎重に、それを棚から取り出した。

アスモデウスは、店の真ん中にある席を陣取っていた。悠然と座るその姿は、王者の風格すらあった。

「アスモデウス公。帽子を脱いではいかがですか？」

亜門の指摘に、中折れ帽をかぶったままのアスモデウスは、こちらを見やる。

「そこの人間にショック死されては困ると思ってね。彼は心臓が小さそうだ」

「司君は繊細ですが、もう、慣れているはずです」

私は、両者を交互に見やる。一体、何を話しているのか。

「ふむ。ツカサ君――と言ったね」

「は、はい」

「君は、アモン侯爵の正体を知っているのかい？」

「ええ。一応は……」

「本来の姿も？」

「一度だけ、見たことがあります……」

すると、アスモデウスはにやりと口角を吊り上げたかと思うと、中折れ帽に手をやった。

「ならば、しかと刮目《かつもく》するがいい。尤《もっと》も、彼の本来の姿に比べれば、可愛いものだがね」

アスモデウスは、勿体ぶるように中折れ帽を持ち上げる。すると、帽子で隠れていた頭部が明らかになった。

「あっ……」

思わず声を上げてしまった。

アスモデウスの頭部には、二本の角が生えていた。片方は牛、もう片方は羊だろうか。よく帽子の中に収まっていたなと感心するほどに立派で、異様だった。

「おや。これは素直な反応だ。流石に、侯爵殿の姿を見た後では、信じざるを得ないか」

アスモデウスは、くすくすと可笑《おか》しそうに笑う。

「本物……なんですよね」

「本物だとも。何なら、触ってみるかい？　引っ張ったって取れやしないさ」

「い、いえ。遠慮しておきます！」

私は慌てて後ずさりをする。

「本来の姿は、君達にとって、もう少し異様だがね。まあ、敢《あ》えてそれを晒《さら》す必要はないだろう」

そんな言葉に、アスモデウスが三頭の魔神であるという話を思い出す。やはり、彼の本来の姿は、異形なのだろうか。

そんな様子を前に、亜門は微笑ましげにするでもなく、黙々と珈琲を淹れていた。相手がコバルトならば、笑って見ているかツッコミをくれるかなのだが。

「お待たせしました」

しばらくして、亜門は人数分の珈琲をテーブルまで持って来た。ふわりと、珈琲の優しい香りが辺りに漂う。そんな中、アスモデウスが買って来てくれた最中が、アンティークのお皿の上に盛りつけられている姿は、若干シュールだった。

「ご足労頂いたというのに肝心の査定が終わっていないという有様で、お恥ずかしい限りですな」

「なぁに、気にしちゃいないさ。持ち込んだ本には、侯爵殿が夢中になりそうなものがあったことだし、二、三日遅れるつもりでいたよ」

アスモデウスはそう笑いながら、コーヒーカップに口をつける。

「では、何故《なぜ》本日いらしたのですか？」

「星が、今日が良いと言ったからさ」

「星が……」と私はつい、復唱してしまった。

「アスモデウス公は、幾何学《きかがく》と天文学がお得意でしてな」

「あ、そうなんですね」

てっきり、とてもロマンチストなのかと思ったが、そうではないらしい。尤も、言い回しはロマンチストのそれであったが。

「お陰様で、侯爵殿のご友人にも会うことが出来た。――なぁ、ツカサ君」

アスモデウスは人の好さそうな笑みを浮かべるが、その低く響く声は妙に粘ついていて、やけに耳に残った。

「は、ははは……」

愛想笑いしか返せない私を、アスモデウスはじっと見つめる。切れ長の瞳の奥は深淵《しんえん》のようで、得体が知れない。

そんな彼に、亜門は言った。

「それにしても、〝さ、ま〟の最中とは、良い選択ですな。上品かつ濃厚な餡とブラジル・イエローブルボンは、お互いの味を引き立てますからな」

「ツカサに聞いたのさ。ブラジル豆に合う菓子は何かと」

「ふむ、成程」

アスモデウスは、最初から私が亜門のもとで働いている人間だと見抜いていた。そこで、買い物メモを見た上で、私に菓子を選ばせたのだろう。まんまと、掌の上で転がされてしまった。

「司君はご苦労様でしたな。あとでチップを差し上げましょう」

「いえ、現金で精算をしてくれれば何でもいいです……」

「チップも含めて宝石払いでは？」

「駄目です。絶対」

そこだけは絶対に譲れない。亜門は、「残念ですな」と眉尻を下げる。

私たちのやり取りを見ていたアスモデウスは、くすりと笑った。

「まさか、地獄帝国の侯爵殿が人間に言い包《くる》められるようになっているとは。他の魔神が吃驚《びっくり》するんじゃないか？」

「いいや。また、あちらにいた時と、それほど変わりがないことをしているつもりなのですが」

人間と親しくなるとは思わなかっただろうからさ」

そう言われて、最中に伸ばしていた亜門の手が止まる。

「幾ら切れそうになっても、切れぬ縁というものはあるものです」

亜門はそう言い切って、今度こそ最中を手にした。

最中の皮に歯を立てる音がする。充分に咀嚼《そしゃく》をした亜門は、しみじみと頷いた。

「いつ口にしても、美味なものですな。アスモデウス公、あちらの友人達に買って行ってはいかがですか？」

「それもいいな。ツカサ、もう一軒の店も案内してくれないかい？」

「へっ？　僕ですか？」

いきなり水を向けられて、目を白黒させてしまう。アスモデウスは、さも可笑しそうに笑って頷いた。

「どうせ、この店の近くなんだろう？　散歩がてら、連れて行ってくれよ。チップも払うし」

「……宝石ですか？」

「それがお望みならば構わないがね。換金出来ないんだろう？　もっと良いものをくれてやるさ」

「いいもの……」

嫌な予感しかしない。亜門も、猛禽の瞳をアスモデウスに向けた。

鋭い視線を受けても平然と受け流しながら、アスモデウスは懐を探る。そして、カードのようなものを取り出した。

「吾輩のチップはこれだ」

「何ですか、これ」

何処かで見たことのあるカードを前に、私は尋ねる。すると、アスモデウスは相変わらず意味深な含み笑いを浮かべたまま、こう答えた。

「ウェブマネーさ」

「ウェブマネー!?」

「ほう、これが噂《うわさ》の」

亜門も名前くらいは知っていたらしい、興味津々といった風にカードを覗《のぞ》き込む。

その名の通り、ウェブ上で使えるお金である。プリペイドカードと同じで、カードにチャージされている分だけ、ウェブ上で支払いが出来るというものだ。

「な、なんで、アスモデウスさんはウェブマネーを?」

「最近、インターネット文化に目覚めてね」

そう言ったアスモデウスは、「そうだ」と指を鳴らす。

「SNSのアカウントを教えてくれないかな。そうすれば、いつでも君と話が出来る」

アスモデウスは、先ほどとは一変した無邪気な顔で、ずいっと詰め寄ってくる。インターネットの文化が楽しくてしょうがないといった表情だ。尤も、物心がついた頃からインターネットの文化に触れている私達とは違い、アナログ文化に慣れた彼らにとっては、画期的だったのだろうが。

そんなアスモデウスに、亜門は咳払いをする。身を乗り出した彼は、やんわりと私をアスモデウスから引き離した。

「率直に申し上げると、あなたは司君に何を吹き込むか分かりませんからな。ケータイとやらの番号を教えることは許しません」

「侯爵殿。今は番号を教えなくても繋がれるんだ。SNSのアカウントを持っていれば、誰とでもね。そんなに君の友人を守りたいのならば、自分も始めて、監視でもするといい。吾輩の誘いを受けるか否かは、ツカサ本人が決めることだろう?」

「ぐ……っ。そう……ですが」

亜門は、インターネットサーフィンくらいならば出来る。だが、SNSの仕組みを理解するのは難しいかもしれないし、そもそも、SNSをやること自体、ポリシーに反するかもしれない。

いや、それよりも、重要なことがある。

「ウェブマネーも、現金じゃないですから……」

どんな宝石も、換金出来なければただの石であるのと同じで、どんなに高額のウェブマネーを渡されても、本日の夕飯や明日の朝食は買えない。

SNSをやるかやらないかの議論を始める魔神ふたりを眺めながら、私は少しでもお腹《なか》を膨らませようと、こっそりと最中を頂戴《ちょうだい》したのであった。

幕間　甘い珈琲

果たして、自分は今、目が覚めているのだろうか。もしかしたら、会社が無くなったショックで、ずっと意識を失ったまま夢を見ているだけなのではないか。

そう、思う時がある。

このところ、それが顕著になって来た。

それは、あのアスモデウスが現れたからである。

(僕も知ってる魔神だしな……。なんかもう、何でもありという気がして来た……)

ぼんやりとそう思いながら、新刊書店の中に足を踏み入れる。いつもと変わらぬBGMがゆったりと流れ、いつも通り、書店員の方々はせかせかと歩き回っている。フィクションの『本屋さん』はのんびりと店番をしているが、実際の書店員は非常に忙しそうだ。接客をしたり、隙間が空いた棚に本を補充したり、新刊を店頭に出したり、商品を返品したり……。

私がアルバイトをしている古書店こそ、フィクションの『本屋さん』に近いのだろう。

客は非常にまばらで、店主はのんびりと読書をしながら客を待ち、アルバイトの私も店主とお喋《しゃべ》りをしながら仕事をするという。

だがまあ、フィクションというより、最早《もはや》、ファンタジーの領域だが。

「お早う御座います……」

問題の古書店である〝止まり木〟の木の扉を開く。すると、店主たる亜門が、いつものように指定席のソファに腰かけて読書をしていた。

「お早う御座います、司君。おや、お悩みごとですかな？」

亜門は顔を上げて本を閉じたかと思うと、私の内心をあっさりと読む。「ええ、まあ」とコートを脱ぎながら、曖昧《あいまい》に頷《うなず》いた。

「お悩みごとでしたら、この亜門、相談に乗りますぞ。こう見えても、司君よりも人生経験が豊富ですからな。何か、お役に立てることもありましょう」

「見た目だけでも充分、豊富そうですから……」

成熟した紳士たる亜門に比べたら、私など見た目もひよっこ同然だ。雰囲気だけならば、親子にすら見えるかもしれない。

「何と言うか、最近、現実と夢の境界があやふやになっている気がして。果たして、今ここで起きていることが現実なのか……。夢じゃないのかと思うようになりまして……」

「何ゆえ、そう思うのです？」

亜門は好奇の眼差《まなざ》しでこちらを見つめる。私は一瞬、言いあぐねるが、思い切って見つめ返した。

「いや、だって、ここ数カ月で、魔神とか天使に会い過ぎですから！　書物やゲームの中だけの存在だと思っていたのに……」

頭を抱える私に、「ふむ」と亜門は顎《あご》を擦《さす》る。

「現実では到底、会うことがないと思った存在が身近にいる。それが、信じ難いというわけですな」

「まあ、そんな感じですね」

「あなた達で言う、『ビートルズ来日』のようなものですか」

「僕はビートルズ世代ではないです……」

それに、ビートルズは人間だ。

伝説的存在だが、一応は同じ星の同じ条件で生まれた相手である。それに対して、魔神や天使は出所からして全く違う。

「まあ、今更なんですけどね。でも、アザリア——ラファエルさんとか、アスモデウスさんなんて、僕の中ではもうゲームに登場するキャラクターのイメージが強くて……」

コバルトもそうではあるが、彼の場合は不名誉な姿と名前の方で認識していたので、彼の名誉のために除外する。

「その点、私は知名度が低いものですからな。多少寂しくもあります」

「ああ……。確かに、ゲームではあまり見ないですね」

しみじみとする亜門に、私は同意する。

「でも、その点、変な先入観が無くていいですよ。アザリアさんやアスモデウスさんは、ゲームによっては女性キャラになってますからね。とは言え、今は文豪や武将も、女性キャラクターにしてしまう時代ですけど」

「そこに世相が反映されているのでしょうな。実に興味深い」

「そんなに真面目《まじめ》な話じゃないと思いますけど……」

それに、地獄帝国の侯爵に興味を持たれても困る内容だ。ここは、早く話をそらさなくては。

「そ、そう言えば、天使もそうですけど、魔神も男性が多いですよね」

「それも、伝説が生まれた当時の世相が表れているのでしょう。しかし、数少ないながらも、女性はちゃんとおりますぞ」

「あ、そうなんですね。ソロモン七十二柱を少しだけ調べてみたんですけど、男性ばかりで」

私がそう言うと、亜門は含み笑いを浮かべてみせる。

「それは、調べが足りませんぞ。ソロモン七十二柱には——」

亜門が言いかけたその時、ふわりと目の前に何かが落ちて来た。

赤い花びらだ。花の種類は分からないが、大きく、情熱的な色をしている。よく見ればハート形にも見え、貴婦人の唇にも見えるそれが、ひらひらと私達の前に現れた。

「ふむ。まるで、見計らったかのようなタイミングですな」

亜門は感心しながら、その花びらを手に取る。すると、あっという間に花びらは消え、代わりに、赤い封筒が亜門の手の中に収まっていた。

「魔法……ですか？」

「はい。この方法で手紙を下さるのは、彼女しかおりません」

亜門は封筒に書かれた署名を見て、「やはり」と頷いた。

「彼女？」

「今、司君に話そうとした方です。これは、丁度良いかもしれませんぞ」

意味深に笑ったかと思うと、亜門はペーパーナイフで丁寧に封筒を開ける。書かれている言語は、当然のように日本語ではなく、私はこっそりと内容を窺《うかが》うことを断念した。

「これから、こちらにいらっしゃるようです」

私の内心を察したのか、亜門が簡単に読み上げる。

「来るって、その女性が……？」

「はい」

亜門はあっさりと頷いた。

魔法を使った今の流れから鑑みて、その相手は亜門と同じく魔神なのだろう。そして、品のある封筒と蠟《ろう》のシーリングから、或《あ》る程度の身分にいるのではないだろうか。そんな相手に、何の準備もしなくていいのだろうか。

「はっ、掃除を。せめて掃除をしなくちゃ……！」

道具入れに駆け寄ろうとした私を、「いいえ」と亜門は止める。

「寧《むし》ろ、このままおもてなしをしましょう。箒《ほうき》を持ったままでお迎えするのは、よろしくありませんからな」

「え、でも、いつ来るか書いてあったんじゃないんですか？　それまでに何とか……」

「今来るそうです」

無慈悲な言葉が、私の発言を遮った。

今？　手紙が来たばかりの、今？

私は耳を疑う。だが、私の疑念を消し去るかのように、木の扉をノックする音が聞こえた。

「はい、今参りますぞ」

亜門が扉に向かって声を投げる。

「いらっしゃったようですな」と私に片目をつぶり、扉の方へと歩み寄った。

「ま、待って下さい。心の準備が……！」

「腹を括《くく》って頂けますかな、司君」

亜門が少し意地悪に微笑《ほほえ》む。私が慌てているのを見て、楽しんでいるのだろうか。しかし、ということは、そこまで緊張しなくてもいい相手ということではないだろうか。

亜門の感覚と我々の感覚は違う。私にとって、肝が潰《つぶ》れるような相手だったらどうしよう。

何を隠そう、私は女性が少し苦手なのである。気の強い姉に虐《しいた》げられて育ち、その上、あまり女性といい思い出がないため、極力、避けて通ろうという気持ちが働いてしまう。

店員と客という立場を超えず、個人の領域に踏み込まれないのならば平気だが、亜門の知り合いで、しかも魔神となると話は別だ。常に零《ゼロ》距離で接するコバルトと、いつの間にか心の中ににじり寄ろうとしているアスモデウスのことを考えると、どうしても身構えてしまう。

そんな私の苦悩など露知らずしてか、亜門はそっと扉を開けた。

むっとした熱気が頰《ほお》を撫《な》でる。熱帯夜のようなそれに、扉の向こうが新刊書店とは別の場所と繫《つな》がっているのに気付いた。

外界の光を受けた人影が、扉の中に吸い寄せられるようにやって来る。亜門はその人影に向かって、そっと手を差し出した。

「ようこそおいで下さいました、グレモリー公爵夫人」

「御機嫌よう、アモン侯爵」

気高くも淑《しと》やかでいて、何処《どこ》か艶《なま》めかしい声が答えた。

〝止まり木〟に踏み込むと、その全貌《ぜんぼう》が明らかになる。腰の辺りまで伸ばした、情熱的な赤い髪が印象的だった。見た目は若い女性だが、漂う風格と気品は、若者のそれではなかった。

彫りが深いエキゾチックな顔立ちで、ふっくらとした唇と、千夜一夜物語の世界に登場するような衣装が特徴的だ。しかし、そこから覗《のぞ》く艶めかしい身体付きに、私は思わず目をそらしてしまった。


「あら」とグレモリー公爵夫人と呼ばれた女性は、こちらに視線を寄越《よこ》す。

「お前が、アモン侯爵に飼われているという人間？」

「た、ただの雇われている人間です……」

私は全力で目をそらしつつ、遠慮がちに訂正する。

だが、私が背景として溶け込もうとしているにもかかわらず、グレモリーは私に歩み寄る。ツカツカと足音がこちらにやって来るだけで、心臓が縮み上がる勢いだ。加えて、舐《な》めるような視線を受ければ、テーブルの下に潜ってしまいたくなる。

「ソロモンのように魔力があるわけでもないようね。何故《なぜ》、お前のような可愛《かわい》らしい人間が、魔神の住処《すみか》で働いているの？」

「それは、職を失って困っていたからです」

私の代わりに、亜門が答えてくれた。

「職を失って？」

「はい。我々が信仰や魔力を糧《かて》とするように、人間も糧たる食べ物が無くては生きていけませんからな。そして、食べ物を得るには、金銭が必要です。私は、彼に店を手伝って貰《もら》い、その報酬として金銭を差し上げているのです。よって、飼うという表現も適切ではないということですな」

「ああ、そういうこと。正当な取引をしているのであれば、雇用関係が成り立っているわね。――礼を失していたわ。ごめんなさい、坊や」

グレモリーの甘い囁《ささや》きが私の耳をくすぐる。最早、卒倒しそうだった。

「……ねぇ、アモン侯爵」

「はい」

「何故、この子はシャフリヤール王に怯《おび》えるシェヘラザードのような顔をしているのかしら」

「司君は、若干、女性に恐怖心があるようですな」

「難儀なことね……」

グレモリーは、溜息《ためいき》とともに同情の眼差しをくれた。妖艶《ようえん》で近寄り難いタイプだと思ったが、意外と良いひとそうだ。

「それでは、異性との恋の駆け引きが出来ないじゃない」

「異性との恋の駆け引きだけが、人生ではありませんからな」

亜門はそう言って、グレモリーを奥の席の上座へと促した。

「それもそうね。現代の人間には、多様な娯楽があると聞いたわ。〝そしゃげ〟とか、〝ねとげ〟とか言うそうね。私には、何のことか分からないけれど」

ソーシャルゲームとネットゲームのことだろう。よりによって略称でその二つを挙げるとは、話題を提供したのはアスモデウスだろうか。とは言え、あのダンディズム溢《あふ》れる男が、せかせかとソーシャルゲームをしているようには思えないが。

「いずれ、異性との恋も遠い昔の娯楽になるのかしら。結婚を望まず、一人で生きていく人間が多いそうじゃない？　そうなると、私の愛をもたらす力も、いずれは時代遅れになるのかもしれないわね」

亜門が引いた椅子《いす》に座ると、グレモリーは気だるげな溜息を吐《つ》いた。

「個人で生きられる時代になっても、愛は変わらずにあって欲しいものですな」

亜門はカウンターの向こうへと回って、珈琲《コーヒー》を準備しようとする。

「グレモリー公爵夫人。お飲みになりたい珈琲は御座いますかな？」

「甘いものがいいの」

そうリクエストしたグレモリーであったが、その言葉には続きがあった。

「甘くてお洒落《しゃれ》な珈琲の淹《い》れ方を、ご教授願えるかしら？」

「それが、本日の用件ですかな？」

「ええ」とグレモリーは頷いた。

「甘くてお洒落とは、随分と漠然としておりますな」

「来週末に、交流会があるのよ」

グレモリーは、悩ましげに目を伏せる。長くほのかに濡《ぬ》れたような睫毛《まつげ》は、つけ睫毛なんていう無粋なものではないのだろう。一定の距離を置いて見れば、その憂い顔すら絵になる美しさに見惚《みと》れることが出来た。

とは言え、ぼんやりと眺めても居られないので、何か出来ることはないかと、亜門と彼女の動きを注視する。

「交流会、とは」

「今風に言えば、女子会ね。今度、異教の女神同士で集まることになったのよ。この間、交流があったパールヴァティから誘われてね。私は魔神だから場違いかとも思ったのだけれど、断ると失礼でしょう？」

「それで、交流会に参加することになったのですな。しかし、女性の集まりとなると、コバルト殿に相談された方が良いのでは？　彼の好みの方が、女性の好みに近いと思うのですが」

それを聞いたグレモリーは、困ったように首を横に振った。

「彼は、センスがあり過ぎるから」

「ああ……」

亜門も、グレモリーの皮肉を察したらしく、何とも言えぬ顔で頷く。

「こちらの方針を固めてから相談しなくては、突拍子もないことをされそうだもの。その点、あなたは安心だわ。まともだし」

その意見には、全面的に同意が出来た。

だが、亜門は渋い顔をする。

「しかし、果たして、私に貴女《あなた》を満足させられる助言が出来るか……。女性の好みは複雑ですからな」

「深く考えなくていいのよ。女は、何かにつけて『かわいい～』って言いたいだけだから。逆に、心底可愛いと思わなくても、女は可愛いと言えるのよ」

カワイイは難しい。

亜門も顎に手を当てて悩んでいるところを見ると、やはり、コバルトに相談した方がいい案件なのではないだろうか。

「しばし、時間をください」

「ええ、構わないわ。交流会に間に合えば良いんですもの」

「いいえ。そこまではお待たせ致しません」

亜門はそう断言した。

「そうですな……。交流会の際は、他の女神に手土産があると良いのではないでしょうか」

「ええ、そうね。お勧めのものがあるのかしら？」

「はい。こちらの店をご紹介したいところですな」

亜門はそう言って、チェストから羊皮紙を一枚取り出すと、サラサラと地図をしたためた。

「司君。ご案内して差し上げてください」

「は、はい！　って、ええ⁉」

亜門から、地図が描《か》かれた羊皮紙を手渡される。

「私はその間に、グレモリー公爵夫人に相応《ふさわ》しい珈琲をご用意致しましょう」

「期待しているわ。――それではよろしくね、ツカサ」

グレモリーは私に向かって微笑みかける。最早、ぎこちない頷きしか返せなかった。

それはつまり、私とこの妖艶な女魔神、二人っきりで神保町を歩けということか。

だが、私に拒否権はない。脂汗の滲《にじ》む手で地図を握りしめながら、覚悟を決めるしかなかった。

亜門が教えてくれたのは、神保町から少し歩いた、淡路町《あわじちょう》にある洋菓子店だった。

その名も、〝近江屋洋菓子店〟。明治十七年に開業した店で、当初は炭屋をやっていたのだが、夏場の商いのことを考え、パンを販売するようになったのだという。

そんな昔から神田の街にある洋菓子店だ。やたらと高級であったらどうしよう。私のような余所者《よそ》にして庶民には、ハードルが高いのではないだろうか。

いや、それ以前に、同行者が問題だ。私にエスコートが務まるだろうか。

新刊書店を後にして、すずらん通りへと出る。

「これが、日本の街並みなのね。少し見ない間に、随分と変わってしまって」

「これでも、神保町は昔の面影を少し残している方なんですけどね。というか、グレモリーさんも日本に来たことがあるんですね」

それにしても、彼女の異国情緒あふれる衣装は、神保町では目立つのではないだろうか。

そう思って振り返るものの、そこにいた彼女は、スーツをまとっていた。現代人の正装である。

「あ、あれ？　いつの間に着替えたんですか？」

「魔法を使ったのよ。あの服装では目立つでしょう？　郷に入っては郷に従えと言うように、その土地に相応しいドレスコードがあるものね」

「凄《すご》い……。コバルトさんに見習ってほしいくらいだ……」

目頭が熱くなる。彼女の赤い髪と、彫りの深い顔立ち、そして、メリハリのある身体付きはどうしても目立つが、少なくとも、好奇の眼差しにさらされることはない。必要以上の注目を避けたい私にとって、有り難かった。

「えっと、それじゃあ、行きましょうか。僕も初めての店なんで、多少迷っちゃうかもしれませんけど……」

「構わないわ。人の子の失敗には寛大よ」

グレモリーは微笑んでみせる。

余裕と威厳のある、公爵夫人という肩書に相応しい表情だ。最初は苦手なタイプかと思ったが、これだけ人間が出来ているのならば安心だ。まあ、彼女は人間ではないが……。

「私の従者でない相手に頼むのは、少し気が引けるのだけれど」

「え？　なんですか？」と唐突な申し出に耳を傾ける。

「手綱を、持っていて頂きたいの」

「手綱？」

聞き返す私に、グレモリーは革製の太い紐《ひも》のようなものを手渡す。彼女が言うように、手綱だった。

私が握るか握らないかのうちに、ぬっと大きな生き物が顔を出す。

「ひぃ！」

「案ずることはないわ。私の駱駝《らくだ》よ」

「駱駝⁉」

そう。そこにいたのは、駱駝だった。大きなヒトコブラクダが、手綱に繋がっている。

「ど、どうして駱駝が……！」

「私の乗り物なの。あなた達も、馬に乗るでしょう？」

「馬に乗って移動する文化は、もう無いです……」

私は手綱を握りしめたまま、力なく言った。そうしている間にも、駱駝がふんふんと私のにおいを嗅《か》ぎに来る。ムッとした獣のにおいに、思わずのけぞりそうになった。

通行人は、誰もが二度見する。携帯端末で写真を撮っていく人もいた。

「あら、どうりで見かけないと思ったわ。今は動物に乗るという文化すらも無くなってしまったのね」

しみじみとしながら、靖国通りを行き交う自動車を眺めている。どうやら、駱駝を引っ込める気はないらしい。

「……もう、好きにして下さい」

私は観念して、彼女の乗った駱駝を引くことになった。都心をコンクリートのジャングルと喩《たと》えることがあるが、ジャングルに駱駝はいない。ビジネスマンや学生らの好奇の眼差しをビシバシと受けながら、私は淡路町に向かったのであった。

淡路町に到着する頃には、私の頭はすっかりべたべたになっていた。

グレモリーの駱駝が、ことあるごとに私の髪を食《は》もうとするのである。グレモリーが「おやめ」と言えば一旦《いったん》は口を離すのだが、永遠にやめてくれることは無かった。

「えっと、確かこの辺だと思うんだけど」

亜門から貰った地図を頼りに、洋菓子店を探す。そんな私の髪を、駱駝がむしゃむしゃと食む。食いちぎろうとしないのはいいが、恐らくこれは、弄《もてあそ》ばれているのだろう。あまりにも繰り返すので、もう、グレモリーも止めてくれなくなっていた。

「あっ、あった！」

交通量の多い通りに面して並んだビルの一つが、私の目に留まった。

今風のビルの一階が、一面ガラス張りになっている。そこから、店内の様子がよく見えた。

ショーケースには、ケーキがずらりと並んでいる。店内にはチラホラと人がおり、近くのオフィスからやって来たかのような服装の客もいて、庶民の私も気軽に入れそうだった。

「お前は、ここで待ってるのよ」

グレモリーは駱駝から降りると、駱駝にそう言い聞かせる。駱駝は、「ぶるるっ」と口を鳴らして返事をした。

店の前に駱駝を置くのはどうかと思ったが、流石《さすが》に駐禁でレッカーに運ばれるなんてことはないだろう。買い物を済ませた後、人だかりが出来ている可能性はあったが。

私とグレモリーが店内に入ると、「いらっしゃいませ」と店員が迎えてくれる。甘い香りが優しく私達を包み込んでくれた。

「拝見してもよろしいかしら？」

グレモリーはそう断り、ショーケースの中を眺める。長いショーケースの中にはずらりとケーキやクッキーが並び、私が知っている洋菓子店の何倍も種類があるように思えた。

「うわぁ、美味《おい》しそうですね、グレモリーさん」

アップルパイやタルト、シュークリームもある。どれも照明の光で、宝石のように輝いていた。

私の言葉に、グレモリーからの返事は無かった。聞こえていないのかとも思ったが、振り向いて初めて、彼女の視線が一か所に注がれているのに気付いた。

「ああ、何て愛らしいのでしょう……」

彼女が見ていたのは、ショートケーキだった。

丸いスポンジの頂点に、苺《いちご》がちょこんと乗っている。その周りを、生クリームが花びらのように囲っていた。二枚のスポンジの間にも、規則正しく並ぶ苺と、生クリームがふんだんに詰められている。

そんなショートケーキを、あの高貴な貴婦人が、ショーケースに張り付いて恋する少女のような眼差しで見詰めていた。

「えっと、ショートケーキ、買って行きましょうか」

「え、ええ。そうするわ」

ハッとした彼女は、淑女然とした笑みを取り繕う。そんな様子が微笑ましくて、思わず笑みがこぼれそうになるが、それは失礼だと思って、ぐっと耐えた。

「あ、そう言えば、グレモリーさん。日本円って、持ってます……？」

「あら、嫌だわ。私としたことが。今は金の粒しか持っていないのだけれど」

「それだと、庶民のお店で買い物は出来ませんね……！」

換金すればショートケーキなど幾らでも買えそうな代物だが、生憎《あいにく》と、換金出来る場所を知らない。少なくとも、それで買い物は出来ないはずだ。

私は、自分の財布の中身を確認する。そして、思い切って、店員にこう伝えた。

「すいません。ショートケーキを三つください」

「ツカサ……」

目を瞬かせるグレモリーに、私は頷いた。

「現金なら、僕が持ってるので安心して下さい」

「けれど、それはあなたの――」

「グレモリーさん。日本では、男性が女性にプレゼントをするのがマナーなんです。僕はそのマナーに従っただけなんで、気にしないで下さい」

ちょっと強引かと思いながらも、そう言い切ってみせた。緊張の所為《せい》で、財布を持つ手汗がすごい。

しばらくこちらを見つめていた彼女であったが、やがて、ふわりと嬉《うれ》しそうに微笑む。

「それでは、有り難く頂戴《ちょうだい》するわ。人間の紳士様」

三人分のショートケーキと共に、私達は〝止まり木〟に戻る。

すると、亜門は待ってましたと言わんばかりに、透明なグラスに珈琲を淹れてくれた。上は白、下はチョコレート色と、二層になっている。白い部分がミルクの泡で、チョコレート色の部分は珈琲らしい。

「マロッキーノと申しましてな。チョコレートが入ったグラスに、エスプレッソと泡状のミルクを入れたものです。イタリアでよく飲まれているそうですな」

亜門は、「どうぞ」と私達に勧めてくれる。

「これは、混ぜて飲むんですか？」

「一気飲みをするのが現地風ですな。しかし、スイーツもあることです。ご自分のペースで飲めばよろしいかと」

私とグレモリーは、マロッキーノが入ったグラスに口をつける。

ふわりと、チョコレートの香りがした。ミルクのまろやかさと、エスプレッソのほろ苦さが調和し、口の中で溶けていく。

思わず一気飲みしそうになったが、ショートケーキの存在を思い出し、何とか半分だけ飲むのにとどめた。

「これは、何層ものハーモニーを楽しめるし、見た目も美しくて素敵な珈琲ね。これならば、交流会でも振る舞えるわ」

グレモリーも満悦そうだった。亜門は、あらかじめ用意していたレシピを手渡す。

「分量や手順はこちらにしたためました。チョコレートの種類によって味わいが変わるので、何種類か試してみるのも良いかもしれませんな」

「有り難う、アモン侯爵。やはり、あなたに相談してよかったわ」

「お力添えが出来たようで、何よりですな」と、亜門は満足そうに微笑む。

「それに、素敵な店まで紹介して頂いて。交流会が上手《うま》く行ったら、彼女達をこの街に誘おうかしらね」

異教の美しい女神達が揃《そろ》って神保町にやって来たら、一体どうなってしまうのか。通行人が目の保養になると言って喜ぶかもしれないが、それよりも……。

（グレモリーさんみたいに、駱駝を持ち込むようなひとがいるかもしれないしな……）

濡れたタオルで拭《ふ》いたとはいえ、まだ、髪が駱駝の唾液でぬるぬるしているような気がする。帰ったら、念入りに洗わなくてはいけない。

「ところで、ツカサ」

「は、はい！」

彼女に呼ばれ、思わず背筋を伸ばす。

「あなたも有り難う。お陰様で、愉《たの》しかったわ」

「そ、それなら何よりです……」

グレモリーに見つめられても、もう、恐怖心は抱かなかった。逆に、照れくさいような気持ちになって、思わずはにかんでしまった。

「私、あなたのことが気に入ったの。どう？　一緒に交流会に行かない？」

「交流会に……？」

それはつまり、女神達が集まる場所へ行かないかということか。男の私が、一人で。

「お、お、お断りします！」

全力で断る私に、グレモリーと亜門がくすくすと笑う。どうやら、からかわれてしまったらしい。

その後、マロッキーノと共に、ショートケーキを口にした。

老舗《しにせ》の洋菓子店ながらの堅実な味わいと、マロッキーノのチョコレートの風味が混ざり合い、苺チョコレートケーキを食べているようで、庶民の私も、少しだけ贅沢《ぜいたく》をした気分になれたのであった。

第二話　司、亜門と暗号を解く

最近、あまり青空を見ていない。

神保町駅から地上に出た私は、曇天を仰ぎながらそう思った。

冬の寒い時季が過ぎ、そろそろ気候が良くなるというのにもかかわらず、空気はひんやりとしていて、やけに湿っぽかった。

「早く亜門のところに行かないと――」

大通りの靖国通りを避け、路地裏から新刊書店に向かおうとする。

ビルとビルの間に出来た裏道の入り口には、レトロでありながらも何処《どこ》か南国風の佇《たたず》まいをした、喫茶店〝さぼうる〟があった。

ビジネスマンや学生がその前を通り過ぎる中、ふと、気になる人影があった。

否《いや》が応でも目に留まる、強過ぎる存在感。そして、長身で洒落《しゃれ》た佇まいに、女子学生のグループが足を止めそうになっていた。

アスモデウスだ。

目深にかぶっていた中折れ帽を持ち上げ、「やあ」と気さくに声を掛けて来る。

「ツカサじゃないか。偶然だね」とにこやかに歩み寄る。

「……そ、そうですね」

偶然じゃない。絶対に私のことを待っていた。

白々しいその嘘《うそ》にも、ツッコミをする勇気はなかった。一方、アスモデウスは含み笑いでこちらを見つめている。

「これから出勤かな？　こんなに朝早くから」

「もう十時ですって。そんなに早くないですよ」

私は、思わず苦笑した。

友人である三谷《みたに》は、亜門が軒を借りている新刊書店でアルバイトをしている。彼は早い時で、八時半に出勤しているそうだ。それに比べたら、随分と遅い。

「そうなのか。人間の感覚はよく分からないな」

「えっと、そちら――アスモデウスさん達が住んでいる世界って、どんな感じなんですか？　皆さん、気ままに生活してるのかな……」

私が遠慮がちに問うと、「いや」とアスモデウスは首を横に振った。

「そもそも、陽《ひ》が出ることはない」

「えっ？」

「陽の光が届かぬ世界なのさ。人間は、地獄が地の底にあると信じているだろう？」

「ええ、まあ」

「だから、そういう世界なんだよ」

アスモデウスは肩をすくめる。

彼らの住む世界は、地獄帝国だか魔界だとか呼ばれているはずだ。亜門やコバルト達が人々の信心に影響されるのと同じで、彼らの世界もまた、人々の思い描く通りとなるのか。

「それじゃあ、ずっと暗いままなんですか？」

「そうだねぇ」と、アスモデウスは他人事《ひとごと》のように頷《うなず》く。

常夜の世界。そんなの、私ならば耐えられない。太陽が出ていないと、光がないと、不安で押し潰《つぶ》されそうになってしまう。

「あっ、でも、コバルトさんの庭園は、明るかったような……」

「コバルト？」

「えっと、バアル・ゼブルさんって……ご存知ですよね？」

きっと、魔神としての名前の方が知れ渡っているだろうが、その名前を口にするのは憚《はばか》られた。幸い、アスモデウスには通じたようで、「ああ」と相槌《あいづち》を打つ。

「彼——か」

露骨に顔が曇る。名前を出してはいけなかったかと思うものの、もう遅い。

「彼はまあ、特殊——だからさ。力もあるから隔離空間、つまりは結界も作れるし、まあ——特殊だ」

特殊、と二度も言った。

コバルトについて語る時のアスモデウスの顔を、私はこの先忘れることはないだろう。うっかり、カメムシを鷲掴《わしづか》みにしてしまった時のような、何とも言えぬ表情をしていた。

「隔離空間や結界って、亜門の〝止まり木〟みたいなものですかね……」

「ああ。そういう認識で構わない。何だ、よく知ってるじゃないか。魔法使いにでもなるつもりかい？」

「い、いいえ。物事のついでに教えて貰《もら》っただけです。彼らと過ごすと、否が応でも日常的に目にしますし」

天使の結界ならば、短期間で二度も入ったことがある。〝止まり木〟にも毎日のように通っているし、控えめに言っても日常と称して差し支えはないだろう。

そんな私に、「ふむ」とアスモデウスはいわくありげな目を向けた。

「アモン侯爵とは、随分と仲がいいようじゃないか。悪魔と仲良くするということがどういうことか、分かっているのかな？」

「えっ、どういうって……」

アスモデウスは距離を詰める。そして、囁《ささや》くようにこう言った。

「君は人が好《よ》さそうだ。気付いたら、騙《だま》されているかもしれないよ？」

騙されている。

その言葉が耳に入った瞬間、顔がカッと熱くなった。

「亜門は、そんなことしません！」

反射的に手が出る。アスモデウスを引き離そうとするが、その手に、何かが重ねられた。

「これは……？」

白い封筒と、革のカバーが掛かった本だった。両方とも、中身は分からない。

アスモデウスは、口角を吊《つ》り上げてにやりと笑う。

「失敬。実は、ツカサ君に、相談に乗って貰いたくてね」

「相談……？」

唐突な申し出に、私は怪訝《けげん》な顔をしてしまった。

「おいおい。そんなに警戒しないでくれよ。アモン侯爵は信じて、吾輩《わがはい》は信じないというのかい？」

アスモデウスはおどけるように言う。

「それは……」

私の脳裏に、亜門から教えて貰ったことが過《よ》ぎった。

亜門やコバルトは、人間に恵みをもたらすはずの神だったが、アザリア達の神と対立することによって、魔神となってしまった。だが、アスモデウスは、生まれながらにして魔神だ。

つまりは、生粋の悪魔。

そんな相手の表情を少しでも読み取ろうと目を凝らすものの、全く本心は読めない。あまりにも飄々《ひょうひょう》としていて、摑み所がなかった。

「どんな相談なんですか？　僕なんかじゃ、あんまり役に立てないと思いますけど……」

「なぁに、大したことじゃないさ。緊張することはない」

「というか、亜門に相談してみた方がいいのでは……」

私の言葉に、「いいや」とアスモデウスは首を横に振った。

「アモン侯爵には、相談してもしょうがないことでね」

ますます以《もっ》て分からない。

亜門に相談してもしょうがないことならば、私に相談するのはもっと意味がないのではないだろうか。

「まあいい。出来るだけ早く来給え。最低でも十二時には来て貰わなくては」

「ど、何処へ行けばいいんですか⁉」

「ここにヒントがある」

アスモデウスは、封筒と本を私に押し付ける。あまりにも強引なそれに、私はなされるがままだった。

「その本は気に入っていてね。必ず返してくれよ。返してくれないと、君に呪《のろ》いをかけなくてはいけなくなる」

「えっ、呪いって」

「では、健闘を祈るよ」

アスモデウスが踵《きびす》を返すと、マントのようなストールがふわりとなびく。

「ちょ、ちょっと待って下さいよ！」

「いいのかい？　あまり長居をすると、天使どもに見つかってしまう。吾輩は迎え撃っても構わないんだが――」

「やっぱり、早く行って下さい！」

私の悲鳴じみた声に、アスモデウスは心底愉快そうに笑うと、中折れ帽を軽く持ち上げてから、去って行った。

「一体、何なんだ……」

中折れ帽を持ち上げた時、あの異形の角がしっかりと見えた。己が人ならざる者だということを主張するかのように。

「……そんなことしなくたって、痛いほど分かるし」

あの、人を掌《てのひら》の上で転がそうとする性格は、正に悪魔だ。

手はすっかり汗まみれで、足の裏もぐっしょりと汗で濡《ぬ》れているのが分かる。深い息を吐《つ》いて、強張《こわば》っていた身体《からだ》を解放した。

「とにかく、亜門に相談しよう……」

情けないとは思うけど、流石《さすが》にこれは、私だけでは手に余る。

何とか助けて貰おうと、アスモデウスから預かった本と封筒を手に、友人が待つ勤務先へと急いだのであった。


重くなってしまった足取りで、新刊書店のエスカレーターを上る。

そして、〝止まり木〟に通じる木の扉を開いた瞬間、耳に届いたのは、雷鳴のようによく響く声だった。

「おはよう、ツカサ！　さあ、アリスも来たことだし、パーティーを始めよう！」

私を迎えたのは、鮮やかな青い髪のマッドハッターだった。レースやフリルをふんだんに使った華美な服を纏《まと》い、大きなシルクハットをかぶっている。

私は、思わず溜息《ためいき》を吐いてしまった。

「コバルトさん、来てたんですね……。それと、アリス呼びは勘弁して下さい……」

「どうした。嬉《うれ》しそうではないじゃないか」

美貌《びぼう》のマッドハッターは、不満げに口を尖《とが》らせる。

自分がいることを喜ばれると信じて疑わない彼を前に、私もカメムシをうっかり鷲掴みしてしまったかのような顔をしていたことだろう。

「いや、ちょっと色々とあって……」

「アスモデウス公と、お会いしたのですかな？」

奥のソファで腰かけていた亜門が、腰を上げてやって来た。

眼鏡の奥には、心配そうな眼差《まなざ》しの双眸《そうぼう》がある。

「えっ、よく分かりましたね」

「彼の魔力がまとわりついていますからな」

亜門はそう言って、私の肩や腕を軽く払う。すると、驚いたように身体が軽くなった。先程まで、妙な重々しさとだるさがあったのに。

「大方、彼の毒気にやられたのでしょう。私はともかく、司君は人間ですからな。彼とお会いした時は、気を強く持つのです」

「ぜ、善処します……」

頷く私の傍らで、コバルトが目を丸くしていた。

「アスモデウスが来ているのか！」

「ええ。以前は、あちら側と当店を往復していらしたのですが、最近は神保町にも降りているようですな」

「ふぅん。あの引きこもりがねぇ」

「引きこもりに関しては、私は何も言えませんな」

巣ごもりをするように、古書店で黙々と本を読んでいる亜門は、コバルトの言葉にさらりとそう返した。

「一体、何が目的なんだ？　……意中の人間はもう、浮世には居ないだろう」

「観光かもしれませんな」

「あいつが見たいものなんてあるのか？」

「彼は私と同じく読書家ですからな。読みたい本もありましょう」

「そうなのか」とコバルトは目をぱちくりとさせる。

「コバルトさん、知らなかったんですか？」

私の質問に、コバルトは「ああ」と頷いた。

「付き合いがあまりなくてね」

「でも、あっちはコバルトさんのことを――」

強く意識していた。そう言おうとして、口を噤《つぐ》んだ。

アスモデウスのあの反応は、決して好ましいものではなかった。出来ることなら、あの強烈なにおいを放つカメムシを触りたくないと思うのと同じで、出来ることならば関《かか》わりたくないという気持ちがヒシヒシと伝わって来ていた。

私が何も言えないでいると、コバルトの方が先に口を開いた。

「あいつは、ノリが悪いんだ。だから、茶会にも招待しないし」

ぷいっと、若い女子みたいな仕草でそっぽを向く。そんな様子を見ていた亜門は、苦笑をこぼした。

「何か知ってるんですか？」と私は問う。

「ええ。コバルト殿は以前、アスモデウス公の帽子が地味だと申しましてな」

「あっ、オチが見えてきた」

「そうだ！　あの地味な帽子にフリルをつけて、可愛《かわい》くしてやったんだ！」

コバルトは両手を広げる。

アスモデウスのシックな中折れ帽が、無残にもコバルトのシルクハットのような有り様になるのを想像した。あの伊達《だて》男がどう思ったか、この時ばかりは、手に取るように分かった。

「そりゃあ、カメムシ扱いになるな……」

「何だ、ツカサ。カメムシがどうしたんだ」

「い、いえ。何でもないです」

ぐいぐいと近づくコバルトに、私は勢いよく首を横に振った。

「大体、あのストールはなんなんだ。レースがついてないじゃないか！」

「普通はレースなんてつけませんよ……」

「普通？　あいつも、普通やら常識という、つまらない枠組みに縛られているのか？」

コバルトは私を睨《にら》みつける。いや、話題にしているアスモデウスに対してなのだろう。

コバルトは個性を大切にし、他の色に染まるのを嫌う。

しまった。言葉の選び方を間違えたか。

そう思う私に助け舟を出すかのように、亜門が口を開いた。

「アスモデウス公にもこだわりがあるのです。あなたがフリルやレースをつけるのにこだわっているのと同じく、つけないという方にこだわっているわけですな。それに関しては、私も同様です」

「成程。アモンと好みが同じだというのなら、仕方がないな」

コバルトは、変なところで納得してくれたらしい。うんうんと何度も頷いていた。

「時に、司君。そちらの品は？」

「あっ、これは……」

亜門に指摘され、ようやく思い出した。私の腕に、革のカバーが掛けられた本と封筒が収まっていたことに。

「アスモデウスさんが、僕に渡したんです。それで、亜門に相談しようと思って」

私は、事の次第を話す。

亜門とコバルトは、ふむふむと相槌を打ちながら聞いてくれた。

「私に相談したのは良い判断です。丁度、コバルト殿もおりますからな。まずは、検分してみましょう」

真ん中の卓に、私達は集まる。

亜門が珈琲《コーヒー》を淹《い》れてくれている間、コバルトは革のカバーで包まれた本を撫《な》で回したり、ひっくり返したりしていた。

「随分と高そうなブックカバーですよね」

手触りはなめらかで、指に吸い付くように馴染《なじ》んだ。黒く光沢のある表面は、使い込まれている革製品独特の味が出ている。

「アスモデウス公は、小物にこだわる方ですからな」

コーヒーカップを並べながら、亜門は少しだけ楽しそうにそう言った。

亜門もアスモデウスに警戒を示していたが、そこは彼も認めるところなのだろう。私も、アスモデウスの読書に対するこだわりが垣間見《かいまみ》えたようで、彼との距離が僅《わず》かに縮まった気がした。本当に、僅かに。

「……これ、ちゃんと返さないと、本当に呪われそうですね」

「おや。彼はそんなことを言ったのですか？」

「はい。返さないと呪いをかけるって」

一体、どんな呪いをかけられるやら。

魔力が強い魔神のようだし、妙な病にかかる呪いや、あまつさえ、死に至る呪いもかけて来そうだ。

青ざめる私を、慰めるように亜門は言った。

「まあ、彼が本気で呪うことなどないでしょう。司君をからかうつもりで言ったのだとは思いますが」

「そう、ですかね……。それなら良いんですけど」

「アスモデウスの呪いは陰湿だからな」

コバルトは、カバーの掛かった本をテーブルの上に置いてから肩をすくめる。

「以前、奴が気に喰《く》わない人間に呪いをかけているのを見たんだがね」

「えっ、現場を？」

私の問いに、コバルトは頷く。

「ああ。一歩歩く度に、髭《ひげ》の一本が一ミリ伸びる呪いさ。呪われた人間は、最初、それに気付かずにいたんだが……」

「一歩で一ミリだったら、千歩で一メートルですよ……!?」

一体、その呪われた人物はどの時点で気付いたのだろうか。そして、一本だけ異様に伸びている髭を見て、どう思ったのだろうか。

「そう。丁度千歩で気付いた」

「歩数を数えていないで、教えてあげましょうよ！　いや、それ以前に、その人も一メートル伸びる前に気付きましょうよ！」

そして、周りにいた人間も教えてあげれば良かったのだ。「髭、伸びてますよ」と。

「踏まれたら絶対に痛い……。じゃなくて、絶対に呪われたくない……！」

「まあ、ツカサの髭が伸びたら、俺が可愛くカールをしてやろう」

コバルトは鷹揚《おうよう》に頷く。

「切って下さい！　というか、気付きますし！」

「まあ、ツカサは髭が薄そうだし、一本だけ伸びていたらすぐに気付くだろう」

「っていうか、ちゃんと返しますから！」

コバルトにツッコミをしているとキリがない。すっかり酸素不足になり、肩でぜぇはぁと息をする。

「そうと決まれば、早く検分をしなくてはなりませんな。時間は決められているのでしょう？」

亜門の言葉に、私はハッとした。

そうだ。十二時までに指定の場所へ行かなくては。

革のカバーが掛かった本を、恐る恐るめくってみる。すると、タイトルにはこう書かれていた。

〝THE GOLD-BUG〟

「ふむ。エドガー・アラン・ポーの〝黄金虫〟ですな」

亜門がぱらぱらと頁《ページ》をめくるが、本文は英語だった。

「ポーって、〝黒猫〟を書いた人ですよね」

私の問いに、亜門は「おや」と目を輝かせる。

「司君はお読みになったのですか？」

「ええ。まだ、〝黒猫〟だけですけど……。描写が濃厚で、おどろおどろしいイメージがあります」

「俺も〝黒猫〟は読んだが、あまり好みではなかったなぁ」とコバルトが横槍《よこやり》を入れる。

「コバルト殿は、ハッピーエンド至上主義者ですからな。ポーの作品でも、幻想と怪奇が漂う方はお好みではないかもしれません」

亜門の言葉に、「むむっ」とコバルトが眉《まゆ》を寄せる。

「含みがある言い方だな。ハッピーエンドも書いているというのか？」

「ええ。まあ、ハッピーエンドを前面に押し出しているわけではありませんが、含みのある終わり方でなく、カタルシスが得られるものもありますな」

「ほほう」

「とは言え、私はおどろおどろしくも幻想的な作品も愛しておりますが。挙げられた〝黒猫〟も好きですし、〝アッシャー家の崩壊〟もまた秀逸です。あの重々しい空気が圧倒的な筆力で描写されるのを読んでいると、彼の人気が根強いのがよく分かります。ついつい、その世界に入り込んでしまうというわけですな。幻想小説と言うと、ホフマンも魔術師のようだと思いますが、ポーもまた――っと、話がそれてしまいますな」

語り出しそうになった亜門は、珈琲を含んで口を噤んだ。

「ポーの作品は、推理小説も有名でしてな。後に登場する、ドイルのシャーロック・ホームズのように、探偵のキャラクターが事件を解決するというスタンスの小説を書いたのも、彼が最初だと言われております。探偵デュパンが難事件を解決する〝モルグ街の殺人〟はお勧めですぞ。奇想天外なトリックが仕込まれております」

亜門は、穏やかな笑みの中に意味深なものを含ませて、そう言った。

「奇想天外！　それを聞いただけで読みたくなったぞ。アモン、君の書棚にはあるのか!?」

子供のように頰《ほお》を紅潮させるコバルトに、「勿論《もちろん》」と亜門は微笑んだ。

「後ほど、お貸ししましょう。今はアスモデウス公の要望にお応《こた》えする方が先決です。彼に、当店の大事な従業員を呪わせるわけにはいきませんからな」

「ああ、確かに。ツカサの髭を伸ばさせるわけにはいかないな！」

「髭の呪いで確定なんだ……」

私は思わず、口の端を手で覆う。今のところ、妙な感触はない。

「本に変わったところはありません。となると、問題はこちらですな」

白い封筒を見て、亜門はペーパーナイフを持って来た。

一見すると、何の変哲もない封筒だ。敢《あ》えて言うならば、封筒の素材が滑らかでいて厚口で、真珠のような光沢があり、やたらと高そうなことくらいか。あとは、力強い筆記体で署名があるくらいだ。

亜門は封筒を念入りに調べると、ペーパーナイフを入れる。中から出て来たのは、一枚の紙だった。

「何が書いてある？」

コバルトは身を乗り出す。

「……ふむ。口で説明するよりも、見て頂いた方が早いでしょうな」

亜門は、テーブルの真ん中に金の箔押《はくお》しで縁取りをされた便箋《びんせん》を広げる。

「こいつは、白紙じゃないか！」

コバルトが声をあげる。彼が言うように、便箋には、何も書かれていなかった。

「からかわれたんでしょうか……」

「いや、好きに書き込めというメッセージかもしれないぞ」

コバルトは、相変わらず発想が自由だった。彼は亜門にペンを借りようとするが、亜門はやんわりと押し留《とど》める。

「ふむ。これは恐らく——こういうことでしょうな」

亜門は手紙を手に取り、コンロへと向かう。そして、火をつけたかと思うと、あろうことか、炎で手紙を炙《あぶ》り出した。

「えっ、どうしたんですか！　手紙が焼けちゃいますよ！」

「成程。炙り出しか！」

コバルトは指を鳴らす。

「炙り出しって、火に掲げると書いた文字が出て来るっていう……」

「左様」と答えたのは、亜門だった。充分に炙ったのか、手紙を携えて戻ってくる。

「日本でも、昔から親しまれていた遊びですな。ミカンの汁でも、炙り出しは出来ます」

「その割には、ミカンの匂《にお》いはしないな。焦げ付いたにおいはするが」

コバルトは手紙の匂いを嗅《か》ぎながらそう言った。

「大凡《おおよそ》、明礬水《みょうばんすい》でも使ったのでしょう。これらを塗ると、何も塗布していない部分に比べて発火点が低くなります。なので、火に近づけると溶液を使った部分だけが焦げ、メッセージが浮かび上がるわけですな」

「成程、そういう仕組みなんですね。因《ちな》みに、何て書いてあったんですか？」

私の質問に、亜門は困ったような顔をする。

「えっと、言い辛《づら》いことでも……？」

「ご覧頂ければ分かるかと」

亜門は私達に、炙り出しをした便箋を見せてくれる。そこにはこう書かれてあった。


(8.2)(1.2)(6.1)(3.2)(1.2)(8.2)(7.3)

(6.1)(8.3)(2.2)(6.2)(8.3)(8.2)(8.3)(5.3)(6.3)(9.3)(7.3)(3.4)(6.1)(9.3)(3.4)


「な、何ですか、これ」と私は思わず声をあげる。

「暗号のようですな。成程、そういうことですか」

「何がそういうことなんだ、アモン」

コバルトは亜門を見上げる。亜門はひとりで納得顔だった。

「〝黄金虫〟が添えられていた時点で、まさかと思ったのですが」

「勿体《もったい》ぶるな。説明をしてくれ」

「この〝黄金虫〟もまた、ポーの推理小説の一つなのです。ただし、デュパン氏は登場しませんが。こちらは、探偵小説ではなく、冒険小説に近いかもしれません」

「冒険小説？」と私とコバルトの声が重なる。

「はい。語り手の友人が、金色の奇妙な黄金虫を捕まえたことを切っ掛けに、暗号解読に身を乗り出し、隠された宝を手に入れる話です。こちらも、暗号を用いた推理小説の草分けとなったとも言われておりますな」

「もしかして、この暗号を解けば、宝のありかに辿《たど》り着くのか⁉」

コバルトは目を輝かせるが、亜門は苦笑まじりに首を横に振った。

「いいえ。待っているのはアスモデウス公でしょうな」

「ちぇ。大量のお菓子でも待っていれば、やる気が出るんだが」

「お菓子ならば、後ほど買い置いていたものを差し上げます。一先《ひとま》ず、協力しようという意思を見せる程度のやる気を出して頂けると、幸いですな」

亜門はやんわりとそう言った。コバルトはこちらを見やると、小さく溜息を吐く。

「まあ、ツカサのためだ。仕方がない」

姿勢を正すコバルトに、「面目ありません」と私は頭を下げる。

「構いやしないさ。友人の友人の危機とあらば、この俺も手を貸そうじゃないか」

「いえ、お気持ちだけで充分です」

亜門は笑顔のまま、しかし、ハッキリとそう言った。変にやる気を出されて、引《ひ》っ掻《か》き回されては大変だということなんだろう。

「それにしても、奇妙な暗号ですね。座標のようですけど……」

「むむ。ここに何か書いてあるぞ」

コバルトが指を指した箇所には、こう書かれてあった。

$1 \leqq x \leqq 10, 1 \leqq y \leqq 4$

「ますます以て分からないな」

コバルトは、珍しく眉間《みけん》に皺《しわ》を刻み込んでいる。

「司君のおっしゃるように、座標のようですな。カッコの中はxの値、yの値の順で並んでおり、前者は1から10の値が入り、後者は1から4の値が入るということのようですが」

亜門の言う通り、暗号にはその範囲の値が入っている。しかし、それが何を指しているかが分からない。

「アスモデウスらしい暗号だな。もっと、可愛い暗号にしてくれればいいんだが」

「コバルトさん、可愛い暗号って何ですか……」

「数字ではなく、猫や犬で表すのはどうだ？」

「それ、余計に分からなくなりそうですから」

「可愛い暗号がずらりと並んでいたら、心が躍るだろう」

コバルトは、さも当然のように言った。

「まあ、コバルト殿はそれでやる気が出るかもしれませんな。そのやる気によって、暗号を解いてしまうかもしれませんが」

今は、その超次元的推理力は期待出来ない。亜門の頭脳に頼るしかなかった。

「亜門、どうですか？」

「お恥ずかしながら、私にも全く見当が付きませんな」

「そんなぁ……」

「しかし、見当が付かないということが分かったお陰《かげ》で、絞れました」

「えっ？」

私は耳を疑うが、亜門の目には確信が宿っていた。亜門は、自信に満ちた笑みを作る。

「確実なのは、私が慣れ親しんでいない文化が、暗号に使われているということです。そして、私とは逆に、アスモデウス公は慣れ親しんでおり、且《か》つ、司君もまたご存知の文化が使われていると推測されますな」

「僕が知っている文化？」

「ええ。アスモデウス公は、司君に暗号を宛《あ》てたわけですからな。そして、司君に相談があるということは、司君を招きたいということです。招きたい相手に、全く解けない暗号は渡さないでしょう？」

「確かに……」

しかし、暗号を見ただけではサッパリ分からない。

私とアスモデウスが慣れ親しみ、亜門やコバルトが疎い文化とは何だろう。そもそも、アスモデウスと私の共通点など、あるのだろうか。

「ツカサ、あれだ！」

コバルトは弾《はじ》かれたように叫ぶ。「あれって……」と尋ねる私に、指先で何かを撫でるような仕草をした。

「あ、スマホ……！」

アスモデウスはウェブマネーを持っていた。それに、SNSのアカウントを教えてくれとも言っていた。彼にとって、我々のIT文化は身近なものなのだろう。逆に、亜門やコバルトは携帯端末を持っておらず、IT文化には疎い。

「そうですな。恐らく、この暗号に隠されているのは文章でしょう。〝黄金虫〟もそうでしたからな」

「ということは、もしかして、キーボードの配列……？」

私の呟《つぶや》きに、亜門が頷いた。

「司君がそうかもしれないということは、そうなのでしょう」

私は自分のアンドロイドの端末を取り出し、アルファベットの文字入力の画面に切り替える。

「xの値は横、yの値は縦でしょうな」

「本当だ！　数字を含めたら、横は最大で十個で、縦は最大で四つになる……！」

まさか、魔神がキーボードの文字列を暗号に盛り込んで来るとは。

「恐らく、xの値は、左から数えた数、yの値は下から数えた数ですぞ」

つまりは、(8.2) ならば、左から八番目にあり、下から二番目にあるキー——即《すなわ》ち、k になる。

「成程」とコバルトも目を輝かせる。

「では、ツカサ、君は暗号を最初から解き給え。俺は真ん中からやる」

「えっ、こういう時は普通、後ろからじゃないんですか⁉」

「では、僭越《せんえつ》ながら、私が後ろから解きましょう」

亜門の進言により、私達は三者で暗号を解く。テーブルの上に置かれた私の携帯端末を皆で見ているので、なかなかに狭苦しかった。

「よし、出来たぞ！」

完成した文章を見て、コバルトは満足そうに声をあげた。

出来上がった文章は、こうだった。

kandaku
nishikityou3no3

「固有名詞のようだが……？」とコバルトは言う。

「ふむ。これは恐らく、ヘボン式ローマ字ですかな。日本語に直してみましょう」

亜門は別の紙に、サラサラと日本語にして転記する。彼の日本語もまた流れるように美しく、且つ、今度は非常に読み易《やす》かった。

亜門が書いてくれたのは、次のような文章だった。

神田区
錦町三ノ三

「これは、住所か？」とコバルトが首を傾《かし》げる。

「そのようですね。錦町は近くにありますけど、神田区なんて無いですよ」

私もまた、コバルトと共に首を傾げた。

当店が軒を借りている新刊書店は、確かに神田にある。だが、住所は千代田区神田神保町であって、神田区ではない。

「もしかして、昔の住所なのかな……」

「フフフ、司君は冴《さ》えておりますな」

亜門の大きな掌が、私の背中をポンと叩《たた》く。

「えっ、当たりですか？」

「はい。こちらは昔の住所ですな。おぼろげではありますが、この亜門、覚えが御座います」

「では、ここに行けばアスモデウスが待っているんだな⁉　早く行って、早く本を返して、早くお茶会を始めるぞ！　そろそろ甘いものが欲しくなって来た！」

立ち上がるコバルトを見て、亜門は店の一角に置かれたアンティーク時計を見やる。時刻は、既に十一時になっていた。

「ツカサに呪いがかかるまで、あと一時間か」

「かかりません。かけさせません」

私は、断固として否定する。

「この住所であれば、それほど歩きませんな。では、参りましょう。私が案内します」

立ち上がった亜門はそう言って、コートを取って来るべく、奥へと踵を返したのであった。

亜門の案内で、私達は錦町へと向かう。錦町は神保町のすぐ隣にあるので、散歩がてら歩ける距離だ。

平日のお昼近く。丁度、ビジネスマンらがせかせかと歩いていた。ビジネス街と言っても過言でないこの場所で、コバルトはやはり浮いていた。

「本当にこっちなのか、アモン。地味な建物ばかりじゃないか」

どうやら、彼は目的地云々《うんぬん》よりも、景観が気に喰わないらしい。確かに、機能的なビルが建ち並んでいるだけで、風情はあまり感じられなかった。

「皇居方面を経由して来ればよかったかもしれませんな。しかし、今は時間が限られております。景観を楽しむのは、後日にしましょう」

亜門はそう言って、さっさと先へ行く。

「そう言えば、亜門」

「はい」と亜門は私に応える。

「アスモデウスさんも、本が好きなんですよね。どんな本が好きなんですか？　やっぱり、推理小説とか……」

「ええ。推理小説はお好きですな。しかし、ジャンルにとらわれず、幅広く読まれております。しかし、中でも最も読んでいるのは――」

「最も読んでいるのは？」

「恋愛小説ですな」

亜門は、少しだけ寂しげに微笑んだ。それはアスモデウスに対してではなく、己の悲恋を思い出してのことなのだろう。

「やっぱり、ハッピーエンドの恋愛話を求めて……？」

アスモデウスもまた、彼の行動が正しかったか否かはさて置き、悲恋を迎えた者だ。自分が得られなかったものを、小説に求めても不自然ではない。

しかし、亜門の答えは意外なものだった。

「いや、どうなのでしょう。バッドエンドの恋愛小説も愛読しております。恋愛小説であれば、あまりこだわりが無いように思えます。いや――」

「ありすぎるのかも、しれないな」

話を聞いていたコバルトは、ぽつりと言った。

「ありすぎるって、こだわりが――ですか？」

私の問いに、「ああ」とコバルトは頷いた。亜門もまた、複雑な表情で首を縦に振る。

「まるで、様々な愛の形を覗《のぞ》こうとしているようだと思ってな。まあ、俺はあいつのことはよく分からないが」

コバルトは口を尖らせる。きっと、帽子を改造して不興を買ったことを思い出して、不機嫌になっているのだろう。

「様々な愛の形……」

「有り得ない話では、ありませんな」と亜門は言う。

――人の子は人の子と結ばれるべきなのです。人の子の男性と、人の子の女性が結ばれてこそ、正しい姿なのです。

アザリアの言葉が、頭の中で響く。魔の者として、人の女性と結ばれることが叶《かな》わなかったアスモデウスは、一体、どんな心境で恋愛小説を読み漁《あさ》っているのか。

亜門は、それ以来沈黙してしまった。コバルトも、そんな亜門を見て思うことがあったのか、口数が極端に減った。

そして、我々を先導していた亜門は、ビルやらマンションやらが並んでいる通りに入ると、ふと、足を止めた。

「確か、この辺りにあったのですが。流石に、この辺りの風景も変わってしまいましたな」

亜門が立ち止まったのは、何の変哲もない路地の一角だった。石碑やら看板やら、情緒のある何かが残っているわけでもない。

「本当に、ここなんですか？」

恐る恐る聞いてみる。だが、亜門は確信を持って頷いた。

「ええ。確か、この辺りには――」

亜門は、ぐるりと辺りを見回す。すると、電柱に何かが貼《は》られているのを見つけた。

「手紙だ」

視線を追ったコバルトもまた、それを見つけて歩み寄る。彼は物怖《ものお》じすることなく、電柱に貼られていた白い封筒を手にした。

「アスモデウスの署名があるぞ」

「また、暗号ですかな」

亜門は苦笑しながら、その封筒を受け取る。

懐からペーパーナイフを取り出すと、丁寧に封を開けた。中から現れたのは、また、白紙の便箋だった。

「また炙り出しか！」

「そのようですな。コバルト殿、こちらを持って頂けますか？」

亜門はコバルトに封筒を渡し、小さく呪文《じゅもん》のようなものを唱える。すると、空いた方の手から、炎が現れたではないか。

「わっ、そんなことも出来るんですね！」

「ほとんど力を失っているので、短時間ですが。この亜門に親しい元素は、炎ですからな」

確か、以前にもそう言っていたような気がする。そして、神保町は紙類で溢《あふ》れているので、出来るだけ使わないようにしているということも。

亜門は便箋を燃やさぬように気を付けながら、そっと炙ってみる。

すると、便箋からメッセージが浮かび上がった。

「おっ、今度は少ないな」

コバルトが声をあげた通り、文字数は少ない。内容は、こうだった。


(2.4) (7.4) (8.2) (1.2) (8.3)


「さっきと同じ……ですよね」

「恐らく。司君、解いてみますか?」

亜門に便箋を託される。見守るような彼の視線と、コバルトの興味津々の眼差しに、私は頷かざるを得なかった。

路《みち》の端に寄り、亜門に便箋を持って貰いながら、携帯端末のタブレット画面と睨めっこをして暗号を解く。

出て来たメッセージは、こうだった。

27kai

「何でしょう……これ。また住所ですかね。二十七……階……?」

周囲の建物を見回す。高層ビルがないこともないが、その二十七階でアスモデウスが待っているのだろうか。

「これ以外にヒントは無いようだな」

コバルトは顎を擦《さす》る。手紙には、それ以上のことが書いていなかった。

「もう少し、ヒントがあると良かったんですけど……」

これから、二十七階以上ある建物を探し、それを一軒一軒見て回らなくてはいけないのだろうか。そんなことをしている間に、十二時になってしまう。

「早くしないと、ツカサの髭が伸びてしまうぞ」

「コバルトさん、ワクワクしたような顔で見ないで下さい! 見世物じゃありませんから!」

私はとっさに口元を覆う。

その傍らで、便箋の暗号をじっと見つめていた亜門は、「なるほど」と声をあげた。

「二十七会、ですな。やはり、そういうことでしたか」

亜門は納得したように頷いた。私とコバルトは、顔を見合わせる。

「ひ、ひとりで納得しないで下さいよ」

「そうだぞ、アモン。我々にも分かるように説明したまえ！」

「おっと、これは失礼。この神保町で、ポーの〝黄金虫〟ということは、もしやと思ったのですが」

亜門は、私が持っている革のカバーに包まれた〝黄金虫〟を見やる。

「おふたりは、江戸川乱歩《えどがわらんぽ》をご存知ですか？」

「えっと、怪人二十面相が登場する話を書いた人でしたっけ。有名な推理小説家ですよね。池袋の立教大学の近くに、資料館があるっていう……」

「その通り」と亜門は嬉しそうに頷いた。コバルトもまた、「その名前には覚えがある」と答える。

「日本が誇る推理小説作家ですな。彼は、名探偵明智小五郎《あけちこごろう》が活躍する、多くの作品を遺《のこ》しました。勿論、そのライバルである怪人二十面相もまた、有名です」

江戸川乱歩は、その他にも多くの著作を遺していた。亜門が幾つか作品名を挙げるが、どれも何処かで聞いたことのあるようなものだった。

その時、私はふと、或《あ》ることに気付く。

「そう言えば、江戸川乱歩とエドガー・アラン・ポーって、名前の音が似ているような……」

「はい」と亜門は頷いた。

「乱歩氏の名前は、ポーが由来だったのです。乱歩氏もまた、ポーのように怪奇要素が強い作品を書かれますからな。影響は強かったのだと思います」

亜門はそこまで言うと、周辺をぐるりと見渡す。マンションや看板を掲げた会社が見える中、亜門は遠い目でこう言った。

「この辺りは、乱歩氏が下宿をした東岳館があったのです。今は、すっかり面影が無くなっておりますが」

「それじゃあ、二十七会っていうのも……」

「ええ。文豪である井伏鱒二《いぶせますじ》、吉川英治《よしかわえいじ》、江戸川乱歩といった面々が、毎月二十七日に集まる場所があったのです」

「成程! そこへ向かえというわけだな。しかし、次も暗号があったらどうする。そろそろ、司が呪いにかかる時間だぞ?」

コバルトは、ジャケットの胸ポケットから、銀の懐中時計を取り出す。やたらと装飾の派手なそれは、十一時半を指していた。

「コバルトさんの顔が若干楽しそうなのは、どんな呪いがかかるか楽しみにしているからですかね……」

「いいや。ツカサの伸びた毛に、どんなリボンをつけようかと思案しているからだ」

「絶対に伸ばしません。呪いがかかっても、絶対につけさせません」

意地でも楽しませてなるものかという想《おも》いが強くなる。

そんな様子を眺めていた亜門は、「まあまあ」と苦笑をしながら間に入った。

「恐らく、次に向かう場所で、アスモデウス公は待っていることでしょうな。時間も、彼の計算通りでしょう。もしかしたら、コバルト殿の乱入は計算に入れておらず、三席しか予約していないかもしれませんが」

「予約？」

私とコバルトは、顔を見合わせる。

亜門はにっこりと微笑むと、今度は、神保町に向かって踵を返したのであった。

私達は、神保町に戻って来た。

「アモン、また、君が軒を借りている書店に戻ってしまったぞ！」

コバルトの言うように、私達の目の前には、神保町のランドマークと化している新刊書店が聳《そび》えている。しかし、亜門は「これでいいのです」と言った。

そろそろ昼時ということもあり、新刊書店前のすずらん通りは、ランチの場所を探しているビジネスマンや、古書店の紙袋を提げた年配の男性などで溢れている。

亜門は、そんな人達の邪魔にならぬようにとすり抜け、或る店の前にやって来た。

「〝天ぷら　はちまき〟……？」

それは、すずらん通りの一角にある、天ぷら屋だった。私とコバルトは、不思議そうに亜門を見やる。

「そうです。二十七会はこの店で開催されておりましてな。さあ、参りましょう」

天麩羅《てんぷら》と書かれた暖簾《のれん》を潜《くぐ》り、亜門は引き戸を開ける。暖簾に書いてあったが、昭和六年に創業したらしい。随分と歴史がある店のようだ。

店内に入ると、ふわりとした熱気と、いい匂いが私達を迎えた。思わず、お腹《なか》が鳴ってしまう。

愛想よく迎えてくれた店員に、人が待っているはずという旨を返すと、店の奥まで案内してくれた。

随分と年季が入った店内だった。長い間、神保町の人々に愛されてきたのだろう。

カウンター席を通り過ぎ、テーブル席へと案内される。

壁には円形窓がはめ込まれており、その向こうでは、見覚えのある人影がこちらを眺めていた。

「アスモデウスさん」

壁を越えてひょいと覗き込むと、四人用のテーブル席の上座に、アスモデウスが悠々と座っていた。

「何とか間に合った――というところかな。あと十五分で十二時だ」

　アスモデウスは、鎖で吊るした金時計を眺めて、そう言った。

「ツカサ。その様子だと、主人に暗号を解いて貰ったのかな？」

「ええ」と頷こうとする私だったが、亜門が先に口を挟んだ。

「いいえ。私は解き方を指南したまでです。それと、私は司君の主人ではなく、友人ですぞ」

　亜門の否定に、「分かった、分かった」とアスモデウスは苦笑した。実際に解いたのは三分の一だけだが、ここは引っ掻き回さずに、亜門の厚意に甘えよう。

「まあ、細かいことは良い。アモン侯爵も来ることは想定済みでね。座り給えよ」

　アスモデウスは空席を顎で指す。だが、「しかし」とコバルトの方を見た。

「バアル・ゼブル殿が来るとは、思わなかったがね」

「俺は今、コバルトと名乗っている。名前を定着させる手伝いをし給え」

　コバルトは無駄に胸を張って言い放った。アスモデウスは、小さく溜息を吐く。

「はいはい。上座をどうぞ、コバルト殿」

「結構」

　アスモデウスが席を譲ると、コバルトは当然のように腰を下ろす。そのまま隣に座るかと思いきや、アスモデウスは亜門にコバルトの隣席を譲った。

「コバルト殿には、お守りが必要なんじゃないかと思ってね」

「……アスモデウス公よりも上座に座るのは恐縮ですが、お言葉に甘えましょう」

亜門はアスモデウスの言葉を否定しなかった。確かに、コバルトが何かをしでかそうとした時、止められるのは亜門くらいだろう。

「では、吾輩はこちらだ」とアスモデウスは下座から二番目の席に座る。

「あれ。ということは、僕は……」

下座だということは全く構わないし、寧《むし》ろ進んで座るところだが、問題は――。

「仲良くしてくれ給えよ、ツカサ君」

「は、はい……」

アスモデウスの隣の席ということか。

縮こまりながら、遠慮がちに座った。こちらも何かをしでかそうなので、万が一の時は亜門に止めて頂きたい。心の中で、そう、切に願った。

「さあ、全員座ったことだし！　テンプラとやらのパーティーを始めよう！」

「天ぷらとやらって……」

目を輝かせながら両手を広げるコバルトに、私と亜門は苦笑する。その隣で、アスモデウスは肩をすくめた。

「やれやれ。主導権を握られてしまったよ」

「コバルト殿はマイペースですからな」

「ははは……」と私は乾いた笑いしか出て来なかった。短い期間しか彼らのことを見ていないが、大体の力関係が分かった気がする。

亜門は何だかんだ言って、両者と上手《うま》くやっている。コバルトはマイペースがゆえに主導権を握りたがり、アスモデウスもまた主導権を握りたがるが面倒ごとを嫌い、大人の対応が出来るということなんだろう。

アスモデウスは、コースを一人分追加オーダーした。想定外のコバルトの分だ。

店内には、レトロなポスターや、著名人の色紙が飾ってある。かつて、文豪達がここに訪れた時も、この姿だったのだろうか。

天井からは、雪洞《ぼんぼり》のような照明がぶら下がり、店内を優しく照らしていた。

「さて。まずは祝辞だ」

沈黙を破ったのは、アスモデウスだった。

「おめでとう、ツカサ。吾輩の暗号を解いたのは、見事だった」

「ほぼ亜門のお陰《かげ》なんですけど、まあ、その、有り難う御座います……」

アスモデウスに、丁重に本を返す。彼は黒い革のカバーを愛《いと》おしそうに撫でると、それをテーブルの端に寄せた。

「ところで、何故《なぜ》、ツカサに暗号を解かせてここまで来させようと思ったんだ？　まさか、ツカサをかどわかすつもりだったんじゃあるまいな。自分だけツカサで遊ぼうなんて、ずるいぞ」

「コバルトさん……」

さも、自分も私で遊びたいと言わんばかりの言葉に、思わず脱力してしまう。

だが、「冗談」とアスモデウスは苦笑した。

「彼、どうやら侯爵殿のお気に入りのようじゃないか。そんな相手に手を出したら、一体どうなることやら」

アスモデウスは、おどけるようにそう言った。

「そんなことになったら、アモンの〝右〟が確実に飛ぶな」

「その話はおやめください」

コバルトに対して、アモンはぴしゃりと言い放つ。

右とは恐らく、私が青ひげの迷宮で見てしまった、打撃力充分のパンチのことだろう。熊《くま》のような大男を一撃で沈めてしまったという壮絶な光景は、忘れようにも忘れられない。

亜門は普段、物静かで理知的で紳士的なので、そのギャップは大き過ぎた。

私がそんなことを思い出していると、お通しと刺身がやって来た。コバルトは刺身をまじまじと見つめると、こう叫んだ。

「生魚だ！」

「お刺身ですな。お造りとも申します」

亜門がやんわりと訂正した。

「日本人の食文化には恐れ入る。最初に魚を生で食べた者は、一体、何を思って口にしたのだろうね」

アスモデウスも感心していた。

「日本では、クラーケンも召し上がるようですからな」と亜門は頷いた。クラーケンというのは、タコだかイカのモンスターだったはずだ。確かに、日本近海にそんなものが現れたら、漁師の方々が放《ほう》ってはおかないだろう。

「む。ナイフとフォークがないが、これは刺して食うのか？」

コバルトは、摑んだ箸《はし》と刺身を見比べる。

「違いますよ、コバルトさん。これはお箸でつまんで食べるんですよ」

私は箸を手に、刺身を取り、醬油《しょうゆ》をつけて食べるところまでを実演した。コバルトは、さも不思議なものを眺めているかのように、睫毛《まつげ》の反りかえった瞳《ひとみ》を見開いている。

「ツカサは、器用だな……。この二本の棒でつまむなんて」

「まあ、幼い頃に練習させられたんで……」

私が箸を開いたり閉じたりする度に、コバルトは魔法にでもかけられたかのような顔で見入っていた。

「箸は独特な文化ですからな。私も、日本に訪れたばかりの頃は、随分と苦労しました」

亜門は苦笑しながらも、器用にマグロの赤身をつまむ。

「流石はアモン侯爵。吾輩はまだまだ下手なものでね。食べるのに時間が掛かってしょうがない」

そう言いながらも、アスモデウスはお通しを箸ですくう。確かに、動作はややぎこちないが、それほど不自然ではなかった。

そんな両名の様子を見て、コバルトは口をへの字にする。

「むむむ。俺だって、ハシとやらを上手く使ってみせるさ！ ツカサ、教えてくれ！」

「えっ、僕ですか⁉ ま、まあいいですけど……」

コバルトの前で、箸の持ち方を実演してみせる。コバルトは見よう見まねで持つものの、指先はぷるぷると震えていた。

そんな様子を微笑ましげに眺めていた亜門だったが、やがて、アスモデウスの方へ向き直る。

「アスモデウス公、本日は箸の講習をさせるために、司君を招いたわけではないのでは？」

「ああ、本題に入ろうか。少々人数が多くなってしまったが、まあいい」

アスモデウスは、私の方を真っ直《ます》ぐと見つめてこう言った。

「こちらの世界のね、事情を知りたかったのさ」

「えっ、それだけですか？」

「それだけということもないだろう？　吾輩は、言うなれば異邦人だ。この世界の知識など、無いに等しい。だからこそ、この世界に生きている人間の知識が必要ということさ」

ウェブマネーのこととアンドロイドのキーボードの配列まで知っていた魔神は、悪びれることもせずにそう言った。

「成程。それであれば、私やコバルト殿では役不足ですな。私もこちらの世界に来て長いとは言え、巣にいることが多いわけですし」

亜門は納得顔だ。

「まあ、確かにそうですけど。でも、どうして？」

私の問いに、アスモデウスは革のカバーが掛かった〝黄金虫〟を掲げてみせる。

「読書という文化は非常に面白い」

その言葉に、亜門も私も、必死に箸でお刺身を摑もうとしていたコバルトも頷いた。

「この紙の束を開いて、文字を読むだけで、新たな世界への扉が開かれてしまう。第二の人生を歩むこともあれば、他人の思想をダイレクトに感じることも出来るし、行ったことがない場所にも行ける。ゆえに、吾輩は本を愛読していてね」

続けるアスモデウスに、亜門は何度も頷く。本を愛しているという点では、亜門もアスモデウスも変わらなかった。

「また、数多《あまた》の作家がいて、数多の世界がある。作家は自身の体験を小説にすることも出来、それを読んで心を動かされる読者もいる」

「ええ。私小説などは特にそうですな。私小説という形でなくとも、エンターテインメントの中に盛り込む方もいるようですが」

亜門の補足に、「僕も何度か、読んだことがあります」と同意する。

「そいつを、吾輩もやってみたくてね」

「ああ、アスモデウスさんも、小説を……」

私と亜門、そしてコバルトは成程と相槌を打つ。それも、一瞬のことだった。

「え、ええ⁉」

「本を作るのか、アスモデウス！」

コバルトは目を輝かせて詰め寄る。

「いいや。今のところ、そんな大したことをやろうとは思っていなくてね」

「可愛い装丁の本は……」

「無し無し。そういう話じゃあない」

アスモデウスは首を横に振る。

「しかし、アスモデウス公。あなたは、物語を書いていたのですか？」

亜門は、信じられないといった風に問いかける。あまりにも唐突なその提案に、耳を疑っているようにも見えた。

だが、アスモデウスは「ああ」と答える。

「とは言え、ちゃんとした物語じゃあない。それこそ、日記のようなものさ。しかし、それが随分と溜《た》まってしまってね。折角だから、それを見て貰おうと思ったのさ」

「日記ならば、俺が読もう。何なら、地獄帝国の皆に読んで貰えばいい」

コバルトは興味津々といった風に、手を差し出す。しかし、アスモデウスは頭を振った。

「相手が魔神じゃ意味がない」

「どうしてだ？」

「そもそも、どのような想いを綴《つづ》られたのですか？」

不満げなコバルトとの間に、亜門が割って入る。

アスモデウスは一瞬だけ、言葉に詰まった。何かを訴えかけるように、こちらを見つめる。しかし、当の私は、彼が何を言わんとしているのか、察してやれなかった。

「やれやれ。これも言わないと、許して貰えないんだろうなぁ」

アスモデウスは皮肉めいた笑みを浮かべつつも、深い溜息を吐く。充分に間を置いてから、彼はこう言った。

「魔神ってさ、――人間と結ばれては、いけないのかな？」

その場の空気が、一瞬にして凍る。

私もコバルトも亜門の表情を盗み見るが、亜門は寧ろ、アスモデウスを気遣うように見つめていた。

「サラ嬢のことを、引きずっておられるのですな」

「いや。彼女はもう、亡くなっているからね。吾輩が今更、どうこう言っても意味の無いことさ」

アスモデウスは、自嘲《じちょう》的とも取れる笑みを浮かべる。だが、その真意は計り知れない。

彼の本心は、ほとんど読み取れなかった。

「だが、ラファエルの言い分が気に喰わなくてね。魔の者と人間は、何故結ばれてはいけないのか。愛しいという感情よりも、出自の方が優先されるべきなのか。――ツカサ君、君はどう思う？」

「へ？　僕、ですか……？」

全員の視線が、私に集まる。

コバルトが興味深そうに、亜門が何処かすがるように、そして、アスモデウスが試すような笑みを浮かべていた。

「その……僕は……」

もし、相手が亜門であれば、迷わずに感情を優先すべきだと言うことだろう。しかし、今、議題となっているのはアスモデウスだ。

私は、彼のことをよく知らない。今分かっているのは、ウッカリすればあっという間に手玉に取られそうということだけだった。

「す、すいません。皆さんに言えるような、ちゃんとした意見は持っていないっていうか……。もう少し、考えさせて欲しいです……」

気まずい想いで、そう答える。「仕方がないな」と真っ先に言ってくれたのは、コバルトだった。

「それは、長年悩みに悩んでも、答えが導き出されなかった話だからな。赤ん坊のようなツカサがいきなり答えられないのは、無理もない」

「いや、一応成人ですけど……」

私は力なく否定した。

「そうですな。難しい問題ですし、司君に尋ねるのは酷というものです」

亜門もまた、銀縁の眼鏡をかけ直しながらフォローをしてくれた。

「過保護だねぇ」とアスモデウスはぼやいた。

「まあ、彼此《かれこれ》と気遣いが出来る人物だということはよく分かったよ。臆病《おくびょう》ではあるがね」

そして、私の葛藤《かっとう》はアスモデウスにばれていた。

「この件は、後ほどまた、改めて聞くとしよう」

もう聞かないでいいです。

私は心底そう思う。

「それよりも、どう思う、ツカサ。人間に思いの丈を知って貰うのに、こちらではどのツールが適切だと思う？　是非、ご教授願いたいね」

「うーん……。折角、ウェブに詳しいわけですし、ブログで公開するのはどうですか？」

「ブログねぇ。今の時代、長文を書き過ぎると、読まれないんじゃないのかな？」

「ああ、そうですね。あんまりウェブで長文を読みたがる人っていなそうですし……。っていうか、やっぱりこちらの事情に詳しいじゃないですか」

「知識が偏っているんだ。吾輩が知っているのも、ウェブの一部だけさ」

「本当かなぁ……」

思案する私を見て、亜門はもどかしそうだ。この手の話題に疎いので、歯がゆいのだろう。一方、コバルトは、まだ箸と格闘していた。

「あっ、SNSはどうですか？　まずはアカウントを作るところから始めないといけませんけど」

「アカウントならばある」

「あるんですか⁉　って、そうか。僕のアカウントを知りたがってましたしね……」

アスモデウスは、本と同じく黒い革のカバーに覆われた携帯端末を、私に差し出した。

そこには、見紛《みまが》うことなき彼の顔写真付きのアカウントが表示されていた。

「フォロワー、随分といますね……」

「何気ない写真をアップすると、自然と増えるもんでね」

　確かに、アスモデウスの投稿は写真が多い。恐らく、携帯端末のアプリで撮ったのだろうが、エフェクトもよく使いこなせていた。

「下手をすると、僕よりもデジタル機器を使いこなせているんじゃあ……。っと、あれ？」

「どうかしたかね？」

「名前、〝アエーシュマ〟さんになってますね」

「昔の名前ですな」

　答えたのは、亜門だった。

「あっ、魔神だった頃の――って、今も魔神ですけど」

「そう。今の名前だと目立ち過ぎてね。天使どもに騒がれても面倒だ」

「嗚呼《ああ》、なるほど」

　以前の名前も周知されているのではないだろうか。しかし、すぐにピンと来ない程度であれば、大丈夫なんだろうか。

「あと、下手に信者に寄って来られても困る。これはプライベートアカウントだしね」

「嗚呼、なるほど……」

　アスモデウスの名前は有名だ。もしかしたら、未《いま》だに崇拝している人もいるかもしれない。そうでなくても、ファンタジーを題材にしたゲームや漫画などに彼の名は登場するので、ファンは多いだろう。

「でも、そういう人に向けてメッセージを配信した方が良さそうな気も……」

「分かってないな、君は。魔神としての顔も大切にしたいのさ、吾輩は」

「はぁ……」

私は生返事をする。この相手も、コバルト並に面倒な気がして来た。

「まあ、いいか。このアカウントのフォロワー数から考えて、ここに投稿すれば、かなりの反響になるんじゃないでしょうか」

「それがね、実は試してみたのさ」

少しだけね、とアスモデウスは言った。

「で、どうだったんです？」

「真面目な話をしたら、フォロワーが減ってしまったのさ」

アスモデウスは、左右非対称の苦笑を浮かべた。

「アスモデウスさんのアップする写真を見たかった人だけが集まってた、って感じですかね」

「で、真面目な話は聞きたくない連中ばかりだったということさ」

アスモデウスは肩をすくめる。その様子から、全く危機感が伝わって来ないが、彼の本心はどうか分からない。

「うーん。ＳＮＳも駄目かぁ」

そうなると、手段が限られてくる。「困りましたな」と、亜門も眉尻《まゆじり》を下げた。そんな時、「ツ、ツ、ツカサ！」とコバルトが素《す》っ頓狂《とんきょう》な声をあげる。

「見てくれ給え！　サシミを摑めたぞ！」

言われた通りに視線を移すと、そこには、箸で摑んだ刺身を高らかと持ち上げているコバルトがいた。その誇らしげな様子に、アスモデウスは苦笑する。

「まあ、この話題は保留としよう。何かいい案が浮かんだら教えてくれ」

あっさりと話題を切り替え、彼もまた、料理に意識を向けた。「案が浮かんだら……」と曖昧《あいまい》に返すと、満足げなコバルトに、「良かったですね」と声を掛ける。

「大体コツは摑めたぞ。いずれ、我が庭園でも和食を振る舞ってみよう」

コバルトはそう言って、お刺身を口に放り込む。二、三口咀嚼《そしゃく》するが、その表情は曇って行った。

「んん。大分、磯《いそ》の風味が強いな……？」

「コバルト殿、醤油を忘れておりますぞ。この調味料を加えなくては、刺身の醍醐味《だいごみ》を味わえません」

亜門はコバルトに醤油皿を進める。今度こそ醤油をつけて口に運ぶと、コバルトは途端に破顔した。

弾けんばかりの笑顔に、思わず顔が綻《ほころ》んでしまう。

お刺身とお通しを食べ終えると、今度は天ぷらがやって来た。「江戸前穴子です。本日届きたてですよ」と勧められる。

「メインディッシュですかね」

「いいや、まだだね。海老天ぷらが来てないじゃないか」

アスモデウスは余裕たっぷりにそう言った。

確かに、天ぷらと言えば海老だ。穴子はそれまでの準備運動みたいなものか。

そう思いながら穴子の天ぷらを口にした瞬間、その気持ちが覆った。

「お、おいしい！」

思わず感想が口から漏れる。

あげたてであるためか、衣はサクサクして歯ごたえがあり、穴子の身には弾力があった。

「これは美味《うま》いな！　アナゴなんて、ぷりぷりだぞ！」

コバルトも興奮気味だった。亜門とアスモデウスは静かに食べているが、両者とも無言で頷いている。

「テンプラとは、こんなに美味いものだったんだな！　長い間生きているが、人間の食文化とは偉大なものだ！」

「コバルト殿、天つゆに大根おろしを入れると、更に味が引き立ちますぞ」

亜門に教えられた通りに、コバルトは天つゆの中に大根おろしを投入する。そして、改めて穴子を浸して食べると、またもや弾けたような笑顔になった。

「なるほど！　これは素晴らしい！」

「人間は快楽を求めるがゆえに、向上心を持って物事に取り組む。日々進化する食文化もまた、その一つなんだろうね。そういう意味では、我々と天使どもは表裏一体なのかもしれないな」

アスモデウスは、穴子の白くてぷりぷりした身を眺めながら、深いことを呟いていた。

「そう言えば、アモン侯爵。いつまで眼鏡をかけているつもりだい？　それ、読書用の眼鏡なんだろう？」

アスモデウスの言葉に、亜門は「そうですが」と言葉を濁した。

「紳士の嗜《たしな》みの一つですからな」

「それじゃあ仕方がない」

アスモデウスは肩をすくめる。

「アスモデウス公こそ、帽子を脱いだらいかがですか。あなたほどの魔力があれば、その角も隠せましょう」

「残念。これも男のこだわりでね」

のだろう。

アスモデウスは、中折れ帽を指先で叩く。帽子というよりは、角の方にこだわりがある
そんな様子を眺めていた私は、こうして天ぷらを楽しんでいる彼らは、私達とは違う魔の者だということを思い出した。

――魔の者と人間は、何故結ばれてはいけないのか。愛しいという感情よりも、出自の方が優先されるべきなのか。

そう問われた時、私は、一体どう答えたら良かったのだろうか。

アスモデウスの存在は、少しだけ恐ろしいし、何よりも胡散臭《うさんくさ》くて近寄り難い。それでも、彼のことは放っておけなかった。

それが、人間好きの友人がいるからなのか、彼自身が気になるからなのかは分からない。

人も魔神も、その心は複雑だ。真実が見えたと思っても、すぐに見失ってしまう。

他者の心も、暗号のように解き明かすことが出来ればいいのに。数々の推理小説を書いた文豪ならば、この答えは導き出せるのだろうか。

穴子を食べ終わると、各種の天ぷらが用意される。それらを平らげると、天ぷらの王様とも言える海老天ぷらがやって来た。

「ツカサ、こう見ると、海老の尾も可愛いな！」

コバルトは、薄《うっす》らと赤い海老の尻尾《しっぽ》を眺めて、そう言った。海老は噛《か》み締める度に、濃

厚な汁が溢れ出す。

　この店でよく集まったという文豪達もまた、この海老を味わったのだろうか。そして、自らの作品について語ったり、他愛のない世間話に興じたりしていたのだろうか。

　店の一角には、セピア色の写真が飾ってあった。私が生まれる前の、昭和の風景なのだろう。

　そんな時代の文豪達に思いを馳《は》せながら、私は時間をかけて海老を平らげたのであった。

幕間　自分だけの珈琲

　今日の〝止まり木〟は、静かなものだった。

　朝から夕方まで、客は特に訪れず、店内の掃除をしたり、塔のように積まれた本を棚に差したりしていた。

　店主は今、書庫で蔵書の整理をしている。

　という名目で、また、読書に没頭しているのだろう。彼此《かれこれ》、書庫へ消えてから三時間は経《た》っていた。

「僕のやれることも終わったし、亜門を呼んだ方が良いかな……」

　仕事が終わったら休んでいても構わないと言われたが、給料分は働きたかった。とは言え、彼の読書を中断させるのも、気が引けたが。

「ここのところ、騒がしかったしな。亜門にも、ゆっくりして貰《もら》いたいし……」

　奥の扉のノブに伸びた手が、止まってしまう。いっそのこと、自分も亜門の言葉に甘えさせて貰おうか。

こんなに静かなのは、久しぶりだから。

「御機嫌よう！」

弾《はじ》けるように開いた扉と共に、上機嫌な声が飛び込んで来た。一瞬にして、静寂が吹き飛ばされてしまう。

「コバルトさん！」

「む。今日はツカサだけじゃないか。アモンはまた、巣ごもりか？」

鮮やかな青い髪の青年――コバルトは、子供のように口を尖《とが》らせる。

「ええ。三時間前に書庫に入ったところで……」

「なんということだ！」

「また、何かトラブルですか？」

「いや。アモンとお喋《しゃべ》りをしたかっただけだ」

コバルトは、あっけらかんとそう言った。全身が、一瞬にして脱力するのを感じる。

「お喋りしたかっただけって、女子高校生じゃないんだから……」

「ツカサ」

「はい……」

コバルトは、ずいっと詰め寄る。大きなシルクハットの鍔《つば》が、額に激突しそうだ。

「ジョシコーコーセーというのは、可愛《かわい》いものの代名詞と聞く」

「まあ、そう、です……かね。個体差はあると思いますけど、概《おおむ》ね、可愛いものの一つとして扱われますかね……」

姦《かしま》しいものを言い表す時も使うような気がしたが、藪《やぶ》をつついて蛇を出さないように堪《こら》えた。

「ふむ。ジョシコーコーセーは可愛い……」

「はぁ」と私は生返事をする。

「ならば、俺はジョシコーコーセーかもしれないな」

「なんでそうなるんです⁉」

女子でもなければ、高校生でもない男性魔神は、至って真面目《まじめ》な顔でこう言った。

「俺は、可愛いからな」

「……そうですね」

反論する気力も湧《わ》かなかった。彼のハチャメチャの前では、無抵抗主義者になるしかなかった。

「この際、ツカサでもいい。俺の話し相手になってくれ」

「聞くくらいならば出来ますけど、面白い返事は出来ないので……」

「面白いか面白くないかは、俺が決める。面白い返事が出来ないと決めつけるのは、早過ぎるぞ」

コバルトはそう言って、手近な席に腰を下ろした。

「因《ちな》みに、ツカサは珈琲《コーヒー》を淹《い》れないのか？　アモンにそこまでは許可されていないのか？」

「許可を取ろうとも思ってませんよ。自宅では自分で淹れた珈琲を飲んでますけど、何だか、気が抜けたような味になるんで」

「面白そうじゃないか！」

「面白そうではないです⁉」

目を輝かせるコバルトに、私はぎょっとした。

「ツカサの淹れた珈琲を飲んでみたいな」

「やめてください。勝手にサイフォンを使ったら、それこそ亜門に怒られますよ。サイフォンの手入れは、亜門がやってるんだから……」

「そうか。また、いきなり動物の落とし物を飲まされるのは御免被りたいからな……」

コバルトは、真顔でそう言った。

いつぞやは、ジャコウネコの体内を通った珈琲豆で淹れた珈琲を飲まされてしまった。高級品とは言え、あの時の何とも言い難い気持ちは一生忘れまい。

「では、サイフォン以外を使えばいい。それなら、ツカサが手入れしているんだろう？」

「サイフォン以外って……」

カウンターの裏にある棚を、ぐるりと眺める。コーヒーカップや豆の他に、幾つもの器具が並んでいた。

「ラテアートはどうだ？」

「いきなりの難題！」

コバルトは、エスプレッソマシンを眺めながらそう言った。

機械ならば、使ったところで亜門に怒られはしないだろう。

だが、ラテアートは出来ない。やる前から決めるなとコバルトに怒られそうだが、機械の使い方も碌《ろく》に知らないのに、その上、アート的なことなど出来るはずがなかった。

他には、ドリップ式のサーバーや、フレンチプレスもある。一通りは揃《そろ》っているのだろうと思ったその時、見慣れない器具があるのに気付いた。

「ん？　なんだ、これは」

いつの間にか、腰を上げてこちらに来たコバルトも、それに注目する。

ステンレス製と思《おぼ》しき銀のボディは砂時計のように真ん中でくびれ、上部には薬缶《やかん》のように蓋《ふた》が付いていて、コーヒーサーバーのように持ち手と注《つ》ぎ口がある。

「亜門から聞いたことがあったような……」

「どれどれ」とコバルトは、その器具をひょいと手に取る。随分と使い込まれていて、染みついた珈琲の香りがふわりと舞った。

コバルトは白い手袋越しに弄《いじく》りまわすが、私はそれを止めず、眺めていた。私もまた、その器具が何物なのか知りたかったからだ。

「おっ、分離するぞ！」

コバルトは、その金属光沢のある器具を取り外して真っ二つにする。一瞬だけギョッとしたのだが、どうやら、ひねると離れ離れになるという仕組みらしい。

「コバルトさん。上の断面を見てください。何だか、フィルターみたいですね」

上部の底面には、フィルターのようなものが敷かれていた。金属光沢のあるフィルターは、ほのかに珈琲の色に染まっている。

「やはり、珈琲を淹れる道具か。しかし、どうすればいいんだ？」

「コバルトさん。こっちも動きませんか？」

離れ離れになった下部に、まだパーツが隠されているのに気付いた。こちらは、上げ底になっている。上げ底部分を取ってみれば、そちらもフィルターのような構造になっているが、下に向かってノズルが伸びている。

「何処《どこ》かに、豆を入れるのか？　いや、この場合は粉かな」

「多分、水も必要ですよね……」

「その通りです。下のボイラーに水を入れ、その上に粉を入れたバスケットを嵌《は》め、サーバーで蓋をするわけですな」

「ああ、成程！」

私とコバルトは膝《ひざ》を打つ。だが、次の瞬間、背後から聞こえた第三者の声に、私達は息を呑《の》んだ。

「あ、亜門……」

振り返ると、この店の主《あるじ》が立っていた。背の高い彼は、静かに私達を見下ろしている。

「いつの間に！」

「ついさっき、書庫から引き上げて来たのです。コバルト殿の気配がしましたからな」

亜門は、本を片手に携えながらそう言った。

「客人がいらっしゃったのならば珈琲を淹れねばという想《おも》いと——」

「想いと？」と私とコバルトの声が重なる。

「また、我が私物で遊ばれては困ると思いましてな」

亜門の猛禽《もうきん》の瞳《ひとみ》が、眼鏡越しにこちらを見つめる。今まさに、現行犯だった。

「カウンターの中に入ったことは謝罪しよう」

コバルトは咳払《せきばら》いを一つして、素直に詫《わ》びる。以前、何の予告もなくコピ・ルアクを飲まされたことが後を引いているようだ。

「その代わりに、この器具の詳細な使い方を教えてくれたまえ！」

コバルトはそう言って、亜門にあの器具を手渡す。何が『その代わりに』なのかは、よく分からない。

亜門は「やれやれ」と苦笑するものの、器具を掲げて説明をしてくれた。

「これは、マキネッタという器具でしてな。家庭用のエスプレッソ抽出器です」

私とコバルトは、カウンター奥にあるエスプレッソマシンとマキネッタを見比べる。棚の一角を占領しているそれに比べて、掌《てのひら》に載るほどの大きさであるマキネッタは、随分と心許《こころもと》ない。

「お仕事中にも説明したかと思いますが、エスプレッソというのは、湯と粉に高圧をかけて、短時間で少量の珈琲を淹れるという抽出方法でしてな。高温で高圧のお湯が粉の内部に浸透することにより、珈琲の成分を溶かし出すわけですな。他の抽出方法は、粉の表面に出て来た成分だけを溶かすので、そこそこ時間が掛かるのですが」

「確かに、エスプレッソコーヒーっていうと、すごく濃い珈琲が注がれた小さなカップが出て来ますよね」

私は、以前に出して貰った珈琲を思い出しながらそう言った。

「左様。そこに、コーヒーシュガーなどを入れるわけですな。苦みが強いので、エスプレッソに溶け切らないほど入れる方もおりますが、それも間違った飲み方ではありません」

「そうなんですね……。僕はてっきり、苦みを楽しむために、ブラックで飲むものかと……」

ブラックで飲んだ結果、あまりにも苦くて、ほとんど楽しめなかったことを思い出す。

やはり、変な意地を張ってはいけないということなのだろう。その器具は、小さくて可愛らしいじゃないか。

「それにしても、そんな高圧がかけられるものなのか？」

インテリアにでも出来そうだ。と、コバルトはマキネッタをしげしげと眺めた。

「ええ。飾っておいても雰囲気が出るこのマキネッタですが、エスプレッソマシンが九気圧なのに対し、二気圧程度ですからな。やはり、マシンには及びません。それに、クレマ――即《すなわ》ち、泡が出ないので、コバルト殿の好きなラテアートは出来ませんな」

それを聞いたコバルトは、些《いささ》か残念そうに眉尻《まゆじり》を下げた。

ですが。と、亜門は付け加える。

「濃縮した珈琲を楽しむことは出来ます。因みに、私が今手にしているマキネッタは、ワンショット分なので、一度に楽しめるのは一人ですが……」

もう少し容量の大きなマキネッタもあり、それならば、複数人のエスプレッソを淹れることが出来るのだという。

「そうなると、そのマキネッタは、店で使うためのものではないのか？」

コバルトは目を瞬かせる。

確かに、店で使うのならば、もう少し大きくてもいいはずだ。どうせ亜門も、客人とともに珈琲を飲むわけなのだから。

「こちらは、私が個人的に使っていたものです。コバルト殿の言うように、インテリアにも耐えうる姿なので、こうして飾っていたのですが」

「使っていた――ってことは、最近は使ってないんですか」と私が問う。

「そうですな。主に、旅行をしている時に使っておりましたからな」

「旅行？」

亜門の口から、そんな単語が飛び出すとは思わなかった。何せ、今は買い物や人々の悩みを解決する以外は、ほとんど外出をせず、読書をしている相手だ。

「ああ」とコバルトは手を叩《たた》く。

「一時期、アモンは旅行にハマっていたな。あの頃は、会いたい時に会えなくて苦労をしたものだ！」

「その節は、ご不便をおかけしましたな」と亜門は苦笑する。

「亜門がアウトドア趣味なんて、意外ですね。その頃は、読書ではなく、旅行だったんですか？」

「いいえ。旅行先で読書をするのが楽しかったのです。海が見える場所や、下界が見下ろせる山の上、川沿いでせせらぎを聞き、自然と触れ合いながら読書をしていたのです」

「結局は、読書なんですね……」

「本を読まないと落ち着かないので」

それは最早、禁断症状の類《たぐい》ではないだろうか。だが、それも今更か。

「そして、読書に珈琲は欠かせません。そこで、このマキネッタをお伴にしたというわけです」

使い込まれたマキネッタの表面を、亜門は愛《いと》おしそうに撫《な》でる。そのマキネッタは、私やコバルトが知らない亜門の姿を知っているということか。と言っても、主に読書をしている姿だろうが。

「大自然の中で、エスプレッソが飲みたかったんですか？」

「それもありますが、マキネッタは手軽に珈琲を楽しめる器具でしてな」

亜門はそう言うと、マキネッタをシンクの上に置き、棚から珈琲豆を取り出す。

「エスプレッソですと、深煎《ふかい》りの豆が適任でしょうな。より、コクが味わえます」

珈琲豆をミルの中に入れ、調整ねじを回す。マキネッタで淹れるには、細挽《ほそび》きにしなくてはいけないのだという。

コーヒー粉が用意出来ると、亜門はマキネッタをねじって、分離させた。

「マキネッタは、全部で三つのパーツに分けられます。下がボイラー、中がバスケット、上がサーバーというわけですな」

「上がサーバーってことは、上に珈琲が溜《た》まるんですね」

「流石《さすが》は司君。察しが良いですな」

亜門に褒められると、誇らしいが妙に照れくさい。

亜門はボイラーに水を入れ、バスケットにコーヒー粉を詰める。そして、きっちりとマキネッタを元の形に戻した。ここでちゃんと締めないと、圧がかからないのだという。

「あとは、火にかざすだけです」

そう言って、亜門はコンロの上にマキネッタを置き、火にかける。

「水が沸騰すると、ボイラーが蒸気で満たされるわけですな。その圧力で、水を押し出すのです」

その水がバスケットを通り、上のサーバーまで昇っていく。その際、バスケットに入ったコーヒー粉を通るので、珈琲を抽出出来るという仕組みだそうだ。

コバルトは、内部が見えないのをじれったそうに眺めていた。私もまた、サーバーの蓋を開けてみたくなるのを必死に堪えながら、マキネッタの様子を見守る。

やがて、コポコポという小さな音が聞こえるようになった。

「おお。マキネッタが喋り出したぞ！」

注ぎ口から漏れる音に、コバルトは目を輝かせる。

「珈琲の抽出が終わったという合図ですな。昔は、こうやってマキネッタの語りをよく聞いたものです」

亜門はしみじみとしながら、火を止める。

そして、棚からエスプレッソ用の小さなカップを取り出した。

マキネッタを傾ければ、サーバーの注ぎ口から、濃厚な珈琲が零《こぼ》れ落ちる。立ち上る湯気も、香りもまた、ぎゅっと濃縮されたほろ苦いものだった。

「ワンショットしか御座いませんが、飲まれますかな？」

亜門にカップを差し出されると、私とコバルトは顔を見合わせる。「お先にどうぞ」と、私はコバルトにカップを譲った。

「では、失礼して」

コバルトはカップに口をつける。一瞬だけ、苦いと言わんばかりに目をぎゅっとつぶるが、すぐに何ともないと言わんばかりに立ち直った。

「なるほど。あの泡は見当たらないが、コクがあって味わい深いな。これは、遜色《そんしょく》なく楽しめるぞ！」

コバルトは満面の笑みで、私にぐいっとカップを押し付ける。

「ほら、ツカサも飲みたまえ！」

「では、僕も失礼して……」

エスプレッソを一口すると、濃厚な苦みが口の中に広がった。しかし、濃縮した珈琲の香りが鼻から抜け、心地よい後味を残してくれる。

「これはいいですね。朝に飲んだら、すごく目が覚めそう……！」

「お褒めに与《あずか》り、光栄ですな」と亜門は恭《うやうや》しく頭を下げる。

「そして、このマキネッタですが、手入れも簡単なのです。珈琲の粉も、この通り」

亜門はキッチンペーパーを敷いた上に、バスケットを裏返しにして軽く叩いてみせる。すると、ほぼ固形となったコーヒー粉がぽとりと落ちた。

「うわっ。がっつりと搾り取られてますね。ドリップ式だと、もう少し粉っぽいし水っぽいんですけど」

マキネッタに入っていたコーヒー粉は、最早《もはや》、どうあがいても、何も抽出出来なそうだ。いかに物凄《ものすご》い圧力で抽出されたのかがよく分かる。

亜門はキッチンペーパーを丁寧に折り畳み、ダストボックスへと入れた。分解されたマキネッタは、水につけながらスポンジで、丁寧に洗ってやった。

「以上が、マキネッタの使い方です」

三つに分かれたパーツを丁寧に拭《ふ》きながら、亜門はそう締めた。

「何だか、結構簡単でしたね。替えのフィルターが要らないのは嬉《うれ》しいかも」

私は自宅で、ドリップ式の珈琲を淹れている。紙のフィルターを使っているので、偶《たま》に切らしては嘆いている。消耗品たるコーヒー粉とシュガーと紙フィルター、いずれも揃っていないと淹れられないというのは、若干不便だった。尤《もっと》も、シュガーはブラック派には不要なものなのだろうが。

「持ち歩きが出来るのも魅力的だな。野外に持ち運ぶ時もかさばらないし、水と火さえあれば、エスプレッソパーティーが出来るじゃないか！」

コバルトもすっかり気に入ったようだ。

「それに、後片付けも楽ですからな。目詰まりを起こすので、フィルターは念入りに磨かなくてはいけませんが、それ以外は、丁寧に水洗いをしてやるだけで構いません。逆に、漂白剤などを使う時は注意が必要でしてな。こちらはステンレス製ですが、アルミ製のマキネッタもあるのです」

「ああ。傷つけちゃう可能性があるってことですね」

「はい。まあ、マキネッタは使い込んでこそ良い珈琲が淹れられるものですからな。逐一、躍起になって汚れを落とすようなものでもありません。このマキネッタも、最初の珈琲は、ステンレスの香りが混じっておりましたからな」

亜門は懐かしそうにそう言った。

じっくりと時間をかけて、珈琲の香りを器具に沁《し》み込ませるのだという。そうすることによって、その器具で淹れる珈琲もまた、味わい深いものとなるそうだ。

「じゃあ、このマキネッタは、アモンに長い間使われていたということだな」

「我々の時間で考えれば、それほどではありませんが」

亜門は、コバルトの言葉にそう返す。では、私の時間にしてみると、それなりに長いのだろう。

「何故、出先で読書をするのをやめてしまったんだ？　俺はアモンを探しやすいから良いが、野外の茶会ほど楽しいものはないだろう」

コバルトの庭園を思い出す。あの、マッドハッターの茶会さながらの様子を見ると、彼は常日頃から野外の茶会を楽しんでいるのだろう。

「確かに、季節によって風景が異なり、時間が経つごとに空が変化し、鳥のさえずりや川のせせらぎを聞きながらの読書は、実に良いものでした」

亜門は、マキネッタを眺めながら、遠い目でそう言った。

「ですが――」

「ですが？」

私とコバルトは顔を曇らせる。

亜門にとって、何か悲しいことでもあったのだろうか。彼の繊細な心に、傷を残した何かがあったのだろうか。それならば、今、この場で語ろうとしている彼を止めて、思い出させない方が良いだろうか。

しかし、私の予想に反して、亜門は自嘲《じちょう》めいた溜息《ためいき》を漏《も》らした。

「私は、巣穴の中で読書をすることが性に合っているようで……」

「ああ……」

木の虚《うろ》の中にこしらえた巣のようなこの店で読書をしている方が、開けた場所で読書をするよりもいいのだという。彼の本来の姿がフクロウなので、やはり、その性質もフクロウに似ているということか。

それが彼の性分なら、仕方がないのかもしれない。

「それならば仕方がないな。だが、そのマキネッタが哀《かな》しんでいるぞ。俺のところに来るときは、そのマキネッタとともに来たまえ」

「そうですな。久々に、外の空気に触れさせてやらなくては」

「そして、俺にエスプレッソを捧《ささ》げたまえ」

コバルトはそう言って、先ほど淹れて貰ったエスプレッソに、コーヒーシュガーをたっぷり入れてかき混ぜる。どうやら、すっかり気に入ったらしい。亜門にマキネッタを持って来させるのも、エスプレッソを淹れさせるためか。

「マキネッタ……か」

うちにも、一つくらいあってもいいかもしれない。偶には、家で濃い珈琲を飲みたい時もある。

その時は、ワンショット用のマキネッタを買おう。一人で飲むだけだからというのもあるが、たった一人の一杯の珈琲を淹れるために用意された器具となると、特別な相棒を得たような気になるではないか。

私はそう思いながら、すっかり使い込まれた亜門のマキネッタを、微笑《ほほえ》みながら眺めていたのであった。

第三話　司、亜門と別の道を探す

魔の者は人間と結ばれてはならないのか。

アスモデウスの言葉が頭から離れないまま、私は神保町駅を出て、新刊書店へと足を踏み入れる。

開店直後の店内は、まだ客が少なく、ゆったりとした雰囲気だった。すっかり顔馴染《かおなじ》みになった何人かの書店員に軽く会釈をすると、あちらもにこやかに「いらっしゃいませ」と返してくれた。

彼らは、私が常連客だと思っているのかもしれない。まさか、自分達が働いている店から、不思議な古書店に行けるなんて思いもよらないだろう。と言っても、以前、亜門の世話になった玉置《たまき》や、友人の三谷には知られていることだが。

エスカレーター前で、集団と鉢合わせて道を譲る。

集団と言っても三人だが、周りの客とは少しだけ雰囲気が違っていた。そのうちの二人はスーツで、重そうな紙袋を持っている。二人に促されるようにエスカレーターに乗った人物はラフな服装の中年男性だったが、何処《どこ》となくただならぬ風格が漂っていた。

その顔を見たことがあった気がするが、思い出せない。知り合いではなさそうだが。

そんな風に首を傾《かし》げながらエスカレーターで上って行くと、その集団は二階で降りた。そして、待っていたと思《おぼ》しき男性書店員と女性書店員に挨拶《あいさつ》をし、彼らとともに奥へと消えて行ったのであった。

「出版関係者かな……？」

スーツ姿の人物が持っていた紙袋に、出版社の名前が書いてあった気がする。

「それは、書店訪問だな。一味違う人は、きっと作家先生だ」

四階で仕事をしていた三谷に聞いてみたら、そんな答えが返って来た。

「あの人、作家だったのか。どっかで見たことあると思ったら……」

「メディアに露出してる先生かな。まあ、売り場のパネルに近影が載ってる時もあるから、それが記憶に残ってたのかもしれないけど」

「そうか……。サインを貰《もら》えば良かったなぁ」

私が何の気なしにそう言うと、三谷は棚に収めようとしていた分厚い本を持ったまま、私を小突いた。

「お前ね。その先生の本を読んだことがあるかどうか分からないのにサインをねだるなんて、いい根性してるよな。そんなの失礼だし、先生は忙しいの」

「あっ、そ、そうだよな。ごめん、興奮して、つい」

「それに、書店訪問があったってことは、サイン本も作ってくれるんじゃないの？　欲しけりゃずっと売り場に張り付いてたら？　まあ、あれはサイン本用の帯を巻いたりしなきゃいけないから、売り場に出るのに時間が掛かるだろうけど」

「サイン本かぁ。帰りに探してみるよ」

我ながらミーハーだとは思うが、それを切っ掛けにその作家の本を読むのも面白いかもしれない。とは言え、どんなジャンルの本を書いているか、まだ把握していないが。

心を躍らせる私を、三谷は無言で見つめていた。

「な、なんだよ」

「いや、新鮮な反応だと思って。俺、サイン本は見慣れちゃっててさ。そりゃまあ、有り難味はあるけれど」

「この店、ああいうのはよくあるのか？」

「ああ。やっぱり、土地柄ってのもあるのかな。うち、出版社が近いからさ」

神保町は、古書店だけではなく出版社も多い。なので、出版社としても著者とともに書店訪問をし易《やす》いらしい。

「先生と一緒にいたのは、多分、出版社の営業さんとか、編集さんじゃないかな。新刊が出た時に、幾つかの書店を回って挨拶をするのさ。その時に、販促の一環でサイン本を書いたりもする」

「へぇ、この書店以外も回るんだな。でも、三人でぞろぞろ歩くって、だいぶ目立つっていうか……」

「まあ、偶《たま》に営業さんと先生、もしくは、編集さんと先生の二人で来ることもあるけどな」

「先生は一人で来ないのか？」

「来ないこともないけど、稀《まれ》だよ。基本的には、出版社の人間とセットだ。書店訪問には暗黙の了解が沢山あるしな。その辺が分からないと、大火傷《おおやけど》をすることになる」

三谷は難しい顔をした。そんな彼に私が尋ねあぐねていると、彼は話を続けてくれた。

「サイン本ってさ、返品出来ないんだ」

「返品……」

何だか嫌な響きである。三谷もまた、苦い顔をしていた。

「書店って、飽くまでも場所を貸しているだけなんだ。本を委託販売し、その売り上げの何割かを貰う。そして、売れなかった本は取次《とりつぎ》を通して出版社に返すんだ。それが、返品。そこで、別の書店がその本を発注したら、返品されて在庫になっていた本を、出版社がその書店に託すわけ。この売り場の本も、そういう経緯を経ているものがあるかもしれないぜ」

三谷は、所狭しと並んだ本棚をぐるりと見渡す。

「そうやって、本は巡り巡るわけさ。だけど、サイン本はそれが出来ない。買い切りって感じかな。兎《と》に角《かく》、書店が売り切らなきゃいけないんだ」

「売れるんじゃないのか？」

「需要があればな」

三谷は手にしていた本を棚に差すと、深い溜息《ためいき》を吐《つ》いた。

「その辺の兼ね合いが難しいんだ。書店によって、得意ジャンルや不得意ジャンルもあるしな。たとえば、うちはシニア層が多いから、ベテランの先生の本は売れ易いけど、ウェブで最近登場した先生の本は、ちょっと売れ難《にく》かったりする」

「あ、そうか。シニア層は、あまりネット文化に詳しくないから……」

「そういうこと。その辺の兼ね合いが分かるのが、出版社の営業さんなわけ。あの人達は、色んな書店を回ってるからな。何処で販促を掛けるべきか把握してるのさ」

「成程……」

「あと、前にも言ったけど、書店は同じ本を何冊もストックしているわけじゃないし、新刊だからと言って何冊も配本があるとは限らない。営業さんがいれば、サイン本用の在庫が足りなければ持って来てくれたり、送ってくれたりするんだ」

逆に、そういった配慮が無く、著者だけが来た場合、在庫が一冊しかなかったということもあるのだろう。

「ところで、新刊の配本って……」

「字のままさ。新刊が発売される時、取次――出版社と書店を仲介しているところから、書店に新刊を送って貰うんだけど、これが曲者《くせもの》でね。二十冊欲しいと訴えても、一冊しか来ない時もある」

「えっ、ひどくないか？」

「ひどいさ。でも、全体的な数――刷り部数が少なかったり、書店側の販売実績がなかったりすると、そうなる時もある。そうなると、沢山売りたいのに積めなかったりしてさ」

三谷は、平台の上に積まれた本をぼんやりと眺める。

「だけどまあ、それも根拠があってやってるわけだし、仕方がないと言えば仕方がない。あとは、注文が殺到して、出版社が重版を掛けてくれるのを待つしかない」

重版というのは、いわゆる、増刷するということだ。冊数が増えれば、各書店に行く数も増える。そして、晴れて各書店がその商品を平台に積めるということだ。

「刷り部数は難しいよな。俺なんかは、いっぱい刷ればいいのにって思うけど、それで売れなかったら出版社にリスクがあるしな」

「うーん。確かに難しいな……」

「これは確実にヒットするという作品だったら、何の躊躇《ためら》いもなしに刷れるんだろうけどな。でも、流行《はや》りに乗せたモチーフでも、売れるとは限らない世の中だからなぁ」

その逆も然《しか》りで、流行りに全く乗っていないのに売れるものもあるそうだ。

「で、今はウェブ上で人気がある作品を書籍化する流れも目立って来てるな。ウェブで読者が既についた作品なら、或《あ》る程度の需要が見込めるだろうし」

「ああ、それは聞いたことがある。偶に、僕も読んでるし」

俺も、と三谷は頷《うなず》く。

「そうやって、出版社も生き残りをかけて頑張ってるわけ。勿論《もちろん》、先生方も書店側も、そして、取次もさ。出版業界はサバイバルだよ。荒波のような激動の時代の中、漁船一隻で大きな魚をなんとか探そうとしているようなものさ。そういうの、出版業界だけじゃないだろうけどさ。バブルの頃が懐かしいぜ」

「お前、バブル世代じゃないじゃないか……」

三谷にツッコミをしてから、私はその場を後にした。

珈琲《コーヒー》のほろ苦い香りに導かれるようにして、本棚の迷路の奥へと向かう。そこには、唐突に木の扉があった。〝止まり木〟に通じる扉だ。

それをそっと開けると、優雅なシャンソンとほのかな温《ぬく》もりが私を迎える。

「お早う御座います……」

「お待ちしておりましたぞ、司君。お早う御座います」

奥のソファで読書をしていた亜門は、分厚い洋書を閉じて立ち上がる。そして、心配そうに私の顔を覗《のぞ》き込んだ。

「お顔の色が優れないようですが、奥でお休みになりますか？」

「いえ、浮世の世知辛さを朝から痛感しただけです……」

そう考えると、この店は本当に浮世離れしている。

バブルよりも前の世代にひと財産築いたという、隠居老人の趣味の店のようだ。そう考えると、亜門が人生の勝ち組のように見えてくる。

（いやいや。亜門はその分、苦労してるし。というか、違う世界の住民だし……！）

一緒にしてはいけない、と頭を振る。

「世知辛さ――ですか。確かに、浮世は激しく移ろう場所ですからな。その激動に揉《も》まれて疲れたのであれば、この亜門、心が落ち着くように珈琲を淹《い》れて差し上げましょう」

亜門は穏やかに微笑《ほほえ》み、サイフォンがあるカウンターへと踵《きびす》を返す。私はコートを脱ぎ、亜門に断ってからクロークへと仕舞いに行った。

「まあ、僕は亜門のお陰《かげ》で、あんまり荒波に揉みくちゃにされてませんけどね……」

「では、ご友人の三谷君が荒波に揉まれているようでしたら、是非、我が隠れ家を勧めて下さい。彼も一息吐けるよう、最高の珈琲を淹れましょう」

「あ、それは凄《すご》く喜ぶと思います」

彼もまた、荒波に挑む書店のメンバーの一員だ。私とは比べ物にならないほど、世知辛さを痛感しているだろう。亜門やコバルトとも話が合うし、出来るだけ積極的に彼を誘ってみよう。

「でも……、どうでしょう」

「何がですか？」と、珈琲豆を挽《ひ》きながら亜門が問う。

「最近、アスモデウスさんが出入りしてるじゃないですか。三谷に会わせたら、どうなるのかなと思って」

「……三谷君は、喜びそうではありますな」

亜門は、珈琲の粉をサイフォンに入れながらそう言った。

確かに、魔神が好きな三谷のことだ。アスモデウスのようなビッグネームの魔神を前にしたら、興奮するかもしれない。いや、寧《むし》ろ、既に彼のSNSのアカウントをフォローしているかもしれない。

「もしかしたら、サインをねだるかもしれませんね」と冗談交じりにそう言った。

「吾輩《わがはい》を崇《あが》める者ならば、サインと握手権をやろうじゃないか」

突然聞こえて来た声に、私は思わず振り返った。

すると、いつの間にか入り口の扉の前に、アスモデウスが佇《たたず》んでいるではないか。彼は中折れ帽を軽く持ち上げ、私達に挨拶をする。

「御機嫌よう。賢者とその友人よ」

「い、いつの間に……」

「つい先ほど、呼ばれた気がしてね」

アスモデウスは、木の床に靴の音を響かせながら歩み寄る。相変わらずの、胡散臭《うさんくさ》い笑みを湛《たた》えながら。

「よ、呼んでないです」

「サインが欲しいと聞こえた気がするが？」

「それは、喩《たと》え話で……」

「熱心な信者ならば、握手の他にツーショットチェキもつけよう」

「もう、魔神というよりアイドルなのでは……」

積極的にツーショットに興じるアスモデウスの姿が思い浮かぶ。この魔神、本心は読めないが、ノリは良い。

「アスモデウス公」

サイフォンを火にかけながら、亜門が鋭く声を掛ける。

「どうしたんだい、侯爵殿」

「チェキ——とは？」

「おや、侯爵殿は知らないのか。ツカサ君、教えてやり給え」

「えっ、僕ですか⁉」

顎《あご》で示され、私は目を白黒させる。

「えっと、インスタントカメラのことです。インスタントカメラはご存知ですよね」

「ええ。存じております。その場で写真が出来るカメラのことでしょう？　私も所有しておりますが」

「侯爵殿が持っているのは、ポラロイド製のクラシックカメラだよ。チェキはこの国の製品さ」

アスモデウスは、真ん中の席に腰を下ろしながら補足する。

「ほう。日本製のインスタントカメラですか」と亜門は目を輝かせた。

「ええ。ポラロイドカメラよりも、もう少し女性らしいデザインですね。まあ、男性らしいデザインも出たみたいですけど。今は、インスタントカメラと言うとそっちが主流になってます」

カメラ業界で、デジタルカメラが大きなシェアを占める中、アナログで唯一無二の写真が撮れるというインスタントカメラが改めて注目されているらしい。それがためか、カメラの外見は若い女子が親しみやすいようなデザインだった。

「ほう、なるほど。一時期は、インスタントカメラは前時代の品という扱いをされていたような気がしますが、また、見直されてきたということですな」

亜門は、嬉しそうに微笑む。

「流行は回るって言いますしね。時代の激動に一旦《いったん》流されたと思われたものも、沖の方から戻って来るのかもしれません」

「おや、面白い表現ですな」

珈琲を淹れながら、亜門は言った。

「いやぁ。丁度、三谷が時代の流れを荒波に喩えていたので……」

「その、荒波に飲まれている者が、侯爵殿の隠れ家にやって来たようだ」

アスモデウスは帽子をかぶり直しながら、唐突にそう言った。

気付いたように、亜門が顔を上げる。私もまた、つられるように入り口の扉の方を見やった。

すると、タイミングを見計らったかのように、ノブがひねられる。

遠慮がちに顔を覗かせたのは、スーツ姿の男性だった。顔を見る限りではまだ若く、私より少し年上といった具合だ。

「いらっしゃいませ」

亜門はすぐに、青年に声を掛ける。青年はぺこりと会釈をすると、戸惑いがちに入って来た。

「えっと、お邪魔します……。ここは、喫茶店……ですかね」

「古書店です」と亜門が間髪を容《い》れずに訂正した。

「あ、すいません。珈琲のいい香りがしたから、つい」

「しかし、珈琲もお出ししております。一杯、いかがですかな？」

コーヒーサーバーの中の珈琲を揺らしながら、亜門は問う。

「えっと、お代は……」と青年は言い難そうに尋ねるが、亜門は「代金は要りません」と答えた。

「その代わり、代償が必要です」

「代償？」

「あなたの物語を、見せて頂きたいのです。ついでに、悩みごとも打ち明けて頂けると、この魔法使い、何か助言が出来るかもしれません」

悩みごとと聞いて、青年はさっと顔色を変えた。戦慄《せんりつ》と、幾分かの期待を込めた眼差《まなざ》しで、亜門を見つめる。

「まあ、まずは座り給え。こうなると、ゲストが上座かな」

アスモデウスは一緒に悩みごとを聞く気らしく、真ん中のテーブルの上座を譲って、端のテーブルへと移ったのであった。

青年の名は、桜井《さくらい》といった。

スーツ姿なのは、就活中ということだったらしい。つい先ほど、会社の面接を終えて来たばかりなのだと教えてくれた。

桜井は亜門が淹れてくれた珈琲を飲み、ほっと息を吐く。ようやく緊張がほぐれたらしく、背もたれにゆっくりと身体《からだ》を預けた。

「その面接の手ごたえは、いかがでしたかな？」

「それが、あんまり……」

桜井は苦笑する。

顔つきを見る限りだと、引き締まっていて利発さが感じられ、何処か挑戦的なものも兼ね備えていた。

亜門に対しての受け答えも悪くはなく、人手が足りない会社ならば、欲しがりそうな人材なのだが。

「因《ちな》みに、どのような職種かお伺いしても？」

「事務職です。出来るだけ簡単な、残業の無いところに行きたくて」

給料は、生きていける分だけ稼げればいいと、桜井は付け足す。彼の雰囲気から鑑みると、少し意外な回答だった。

「成程。更にお尋ねし難い質問になりますが、前職はどのようなことをされていたのですか？」

「前職も事務と言えば事務なんですが、メーカーの営業事務をやっていたんです。つまりは、外回りをしている営業の連中をサポートする役ですね」

サポートと言っても、製品の納期の確認や交渉、トラブルの対応などをやっていて、ひっきりなしに電話が鳴り、次々とメールやFAXが来るのだという。

「気付いたら夜遅くなっていたということがザラでして。家に帰るともう、クタクタで」

桜井はそう言って苦笑した。

「大変、そうですね……」

遠慮がちに私が言うと、桜井は溜息交じりに頷く。

「そうだね。翌日、ちゃんと出勤出来るようにと思うと、早く寝ないといけないし。そもそも、何かをやる気力なんて残ってなくてさ」

「それで、退職されたのですか？」

亜門の問いに、桜井は頷いた。

「まあ、自分の時間が全く持てないですしね。ただ、お恥ずかしながら、退職した一番の理由は、身体を壊しちゃったからなんですけど」

「それだけ、頑張られたということなのでしょうな。今はもう、体調は良いのですか？」

「ええ」と、亜門の気遣いに恐縮するように、桜井は首を縦に振る。

「で、君は別の職種を探しているということかな？　今度は、その残業とやらがないところを」

口を挟んだのは、アスモデウスだった。椅子の背もたれによりかかり、カップを揺らしながら尋ねる。

「そうですね。でも、残業が無さそうなところがあまりなくて。面接でずばり聞いてみるんですけど、面接官がみんな顔を曇らせるんですよね」

桜井は力なく笑った。

「会社によっては、説教をするところもあって。『我々が君達と同じくらいの年齢の時は、朝から夜まで働き詰めだったぞ』って。でも、時代が違うじゃないですか」

「確かに」と私は頷く。

「昔は働いた分だけ残業代がついて、ボーナスが出たみたいですしね。今はそんな時代じゃない。僕が以前勤めていた会社も、残業代を渋ったり、ボーナスが出ないことがあったりしたしなぁ」

「君のところもか」

「桜井さんのところもですか？」

「そうだよ。うちもサービス残業。何がサービスだって感じ。社員が会社にサービスするとかおかしいでしょ。会社はお客様じゃないわけだし」

桜井のその言葉に、つられるように笑ってしまう。だが、すぐに色んな意味で笑えないことに気付いた。

「失礼」

こほんと、亜門が咳払《せきばら》いをする。彼は挙手をしてから、信じられないことを聞いたという顔つきでこう言った。

「……何の報酬もなく労働を課せられるのですか？」

「え、ええ」と私と桜井が頷く。

「それで徳を積み、天の門を潜《くぐ》る資格を得るということかい？」

アスモデウスはそう尋ねるが、「そうではないです……」と私達は答えた。すると、アスモデウスの顔からも笑みが消える。

「……では、サービス残業を科せられている労働者は、罪人とか？」

「いえ、基本的には善良な一般市民です」と私は答えた。

「本当に、地獄ですよ」と桜井はうめく。

「地獄はそのように理不尽なところではありません……！」

不名誉だと言わんばかりに、地獄帝国の侯爵たる亜門は否定した。桜井が目を丸くしたので、「失敬」と亜門は気を取り直す。

「全《すべ》ての会社が、そのような劣悪な環境なのですか？」

「いや。多分、残業代をちゃんと支払っている会社もあります」と桜井は答える。

「では、そういった会社とご縁があると良いですな」

「いいえ。俺は残業をしたくないんですよ。定時で帰りたいんです」

それがゆえに、簡単な事務職を探しているそうだ。仕事自体が少なければ、残業は無いだろうと踏んで。

「ふむ。何故《なぜ》、そこまで定時にこだわるのですか？　その理由をお聞きしても？」

亜門は、父親のような眼差しで尋ねる。桜井は珈琲をもう一口含むと、ぽつりと呟《つぶや》くように言った。

「作曲活動をしているんです」

「ほう」と亜門が目を輝かせる。それを聞いていたアスモデウスもまた、少しばかり身を乗り出した。

「と言っても、プロじゃないんですけど。アマチュアの中のアマチュアで、インターネットにアップしている程度です」

それでも、多少は人気があるんですけどね。と、桜井は音楽動画の再生数を教えてくれる。確かに、アマチュアにしては大きな数字だった。

「ご帰宅した際に、作曲活動をされているわけですな。それで、時間が欲しいと」

「そうなんです。帰ってやることがなくて、残業代も出るならば、残って仕事をすることも吝《やぶさ》かではないんですけどね。でも、作曲の時間が圧迫されるのが何よりも辛《つら》くて」

桜井はそう苦笑すると、残っていた珈琲を飲み干す。

「ご馳走様《ちそうさま》でした。俺の物語って、こんな感じで良いんですかね。どっちかと言うと、話を聞いて貰っただけのような気もしますが」

「いいのです。興味深いお話が聞けました」

亜門はそう言って、おもむろに立ち上がる。

そして、書棚にずらりと並ぶ本の背表紙をしばし眺めたかと思うと、そのうちの一冊の文庫本を桜井に手渡した。

「桜井君、お邪魔でなければ、この本をどうぞ。本日は、お忙しいのですか？」

「ええ。まだ、午後に面接が一件あるんです」

「それでは、お時間のある時にでも読んでみて下さい。こちらはお貸しします。読み終った時に、返して下されば結構です」

「えっ？　でも、これって売り物なんじゃ……」

「売り物であると同時に、私が買い取った、私の本でもありますからな。どうするかは、私の自由なのです」

亜門は、パチンと片目をつぶった。

遠目ではタイトルが分からないが、それほど厚い本ではない。もし、活字が苦手であったとしても、それほど苦も無く読めるだろう。

「そのお話を読んだ上で、また後日、当店にお越し頂けると、この亜門、何か助言が出来るかもしれません」

桜井は、しばらくの間、不思議そうに亜門とその本を見比べていた。

「分かりました。ちょっと、読むのに時間が掛かるかもしれませんけど」

そう前置きをして、桜井は持っていた鞄《かばん》に、丁寧に本をしまう。

客観的に考えれば、古書店の店主が何の説明もなく本を貸すというのは、なかなかに奇妙な話だ。しかし、桜井は藁《わら》にもすがる気持ちだったのだろう。意外なほどあっさりと、亜門の出した条件を承諾する。

その後、彼はお礼を言いながら帰って行った。

「……亜門、どんな本を渡したんです？」

「ヘミングウェイの、〝老人と海〟ですな」司君も聞いたことはあるでしょう？」

「あ、はい。有名な話ですよね。まだ、読めてないですけど……」

「ほう。それは勿体《もったい》ない。あの本には、世間の荒波に揉まれながらも戦う現代人を、勇気づける力がありますからな」

「そうなんですか……」

亜門はそう言って、桜井のコーヒーカップを片付け始めた。

「あの青年ならば、尚更《なおさら》、サンチャゴの力が必要だろうさ」

アスモデウスもまた、珈琲を飲み干してからそう言った。

「サンチャゴって、登場人物の名前でしたっけ」

「そうさ。——アモン侯爵、ツカサ君に読み聞かせてやってはどうかな。あの青年の本と一緒にさ」

「無論のこと。アスモデウス公は、どうなさいますか?」

「聞くよ。吾輩も久々に、あの老人の勇姿を思い浮かべたくなった」

「では、しばしの間お待ちください。書庫にある〝老人と海〟を持って来なくては」

先ほどまで桜井が座っていた席には、いつの間にか、本が置いてあった。タイトルの無いそれは、きっと、彼のものなのだろう。ハードカバーだが頁数《ページ》は少なく、物語というよりは詩集のようだ。

亜門はそれを一瞥《いちべつ》したかと思うと、書庫へと姿を消していったのであった。


ヘミングウェイの〝老人と海〟は、このような内容だった。

サンチャゴという漁師の老人がいた。

しかし、老いたサンチャゴの船は、長い間、不漁が続いていた。少年が一人同行していたが、親の言いつけで、サンチャゴの船を降ろされ、別の船で漁をすることになった。

仲間から同情の眼差しを向けられる中、サンチャゴは独りで船を沖へと出す。

そこに、大物のカジキが掛かった。三日に渡る死闘を続け、サンチャゴはようやく獲物を仕留めた。

しかし、沖へ沖へと出たサンチャゴが港に帰るのは、容易ではなかった。更に悪いことに、既に死闘で疲労困憊《ひろうこんぱい》していたサンチャゴの船に、サメが次々と襲い掛かった。ようやくの想《おも》いで港に帰れた頃には、釣り上げた獲物はサメに喰《く》われ、骨になっていた。

結局のところ、不漁だった。

しかし、戦いを終えた老人の姿を見た少年は、再び老人から漁のことを教わりたいと、強く願うのであった。


亜門が朗読を終えて本を閉じると、アスモデウスが手を叩《たた》く。私もつられて、拍手をしてしまった。

「何だか、熱い話ですね。サンチャゴがサメと格闘するシーンなんて、カッコよかったです。それに、不思議と元気付けられるような……」

「そうですな。私も、この話は気に入っております。ハッピーエンドとは言い難いのですが、読後感は心地良く、勇気づけられますな」

この〝老人と海〟は、ヘミングウェイの晩年の作品だという。その前の作品が不評だったようだが、この作品はそれを挽回《ばんかい》するものとなり得たそうだ。

そう考えると、このサンチャゴは、ヘミングウェイそのもののようだった。

「この作品が評価され、ヘミングウェイは一九五四年にノーベル文学賞を受賞しております。正に歴史に名を残す著書となり得たわけですな」

そう言い添える亜門は、実に楽しそうだった。本のことを嬉しそうに語る亜門を見ると、こちらまで温かい気持ちになる。

「さて、問題はこちらですが――」

亜門は気持ちを切り替え、〝老人と海〟をテーブルの上に置くと、今度は、無題の詩集らしき本を手に取る。

「それ、桜井さんの本ですよね」

「左様。彼は、作曲をする時間を欲しておりました。しかし、その情熱が、どれほどのものかを測りかねたのです」

「まあ、口だけなら何とでも言えるからねぇ」

アスモデウスは立ち上がる。そして、亜門が手にしている桜井の本を覗き込んだ。

「で、彼はどれほど本気なんだい？　これで、全く違うことが人生の本に書いてあったら、面白いが」

「その時は、その内容に沿ったアドバイスをしましょう」

亜門は眉尻《まゆじり》を下げ、私にも見えるように本を開く。「有り難う御座います」と、私もアスモデウスの反対側から、覗き込んだ。

中身を見てみると、確かに、詩集だった。

行間が広く、文字数が少ない。しかし、その空白も、言葉を引き立てるための大事なもののように見えた。

韻が踏んであり、まるで歌詞のようだ。私と亜門とアスモデウスは、それを見てふむふむと頷く。

「寝ても覚めても音楽を作ることばかり。音楽が無ければ生きていけないと書いてあるね」

「そう、ですね。彼の言葉に偽りは無さそう……というか、それ以上の情熱を感じますけど」

私は、つい、綴《つづ》られた文章を食い入るように見てしまう。

桜井は物心ついた時から、音楽に慣れ親しんでいた。ピアノを習い、キーボードを買って貰い、歌詞を考え、アルバイトをしてボーカロイドを買い、情熱のすべてを音楽につぎ込んでいた。

その甲斐《かい》あって、ネット上ではかなりの実力派になり、固定のファンも付いている。動画で広告収入を得て、それなりに稼いでいるという記述もあった。

「やりたいことがしっかりと決まっていて、迷いがありませんな」と亜門が言う。

「でも、これだけの実績があると、会社の歯車になるのも勿体ないですね」

私は、つい、そんなことを呟いてしまった。

亜門は、「ほう」と興味深げに続きを促す。アスモデウスもまた、愉《たの》しそうにこちらを見つめていた。

「えっと、会社に勤めるってことは、その会社の方針に従い、歯車の一つにならなきゃいけないんですよ。その、時計の歯車って、どれも規格通りに作ってあって、時計の中に収まるから、時計は機能しているわけじゃないですか。そこに、うまくハマらない歯車が入ったら、どんなに高価で良い歯車でも、邪魔になりますよね。桜井さんの状況って、そういうことなんだと思います……」

残業のない簡単な事務職という条件も、なかなか難しいだろう。そんなに都合のいい仕事は、そうそう転がっていない。それに、音楽に触れず生活費を稼ぐだけの時間は、窮屈なのではないだろうか。

「いっそ、音楽に振り切っちゃった方がいいと思うんですけどね。とは言え、そうなると選択肢が限られそうですけど……」

「ふむ。貴重なご意見、有り難う御座います」

亜門は納得したように頷いた。

「やはり、彼もサンチャゴのようになるべきでしょうな」

「サンチャゴのように？」

「はい。アスモデウス公は、私の言わんとしていることを理解しているようですが――」

振り向くと、アスモデウスが意味ありげに微笑んでいた。

「なんとなく、予想は出来るさ。〝老人と海〟を勧めた時点で、なんとなく、だがね」

なんとなくという単語を強調し、アスモデウスは踵を返す。

やはり、彼もまた、亜門と長い付き合いの魔神だからなのか。私に予想出来なかっただけに、悔しかった。

「アスモデウス公、もう、お帰りになるのですか？」

「ああ。久々に魔法使い殿の活躍を見ていたら、吾輩にも色々と湧《わ》いてくるものがあってね」

「ほう？」

「まあ、今日出来ることはもう無いだろう。精々、頑張ってあの青年にアドバイスをしてくれ給え」

アスモデウスは帽子をかぶり直すと、ひらりと手を振って店を去る。

扉が閉まる音と同時に、私は溜息を吐き出した。

「やはり、まだ慣れませんか」と亜門が苦笑する。

「ええ。独特の緊張感があるっていうか。それに、アスモデウスさんって、亜門よりも位が高い魔神なんですよね」

「そうですな。しかし、それを申したら、コバルト殿も同じなのですが」

「コバルトさんは、フランクなので気にならないんですよ。というか、緊張している余裕もないですよね」

「ははっ、言い得て妙ですな」

次々と奇想天外なことをしでかすので、緊張などという悠長なことをしていたら、次に何をされるか分からない。

「アスモデウスさんに関しては、まだ、本心がよく分からないからなんでしょうね」

「あの方は、なかなかに読み難い方ですからな」

亜門も同じ意見のようで、深く頷かれてしまった。

「しかし、あの方は総じて不器用なのでしょう」

「人をおちょくるのが好きなんじゃなくて、ですか？」

「それもあるのでしょうが」と亜門は言葉を濁す。あるのか。

「ここ最近は、今まであの方と付き合っている中で、最も長い時間を共にしております」

「えっ、そうなんですか？」

「彼はあまり、他人と長く居たがらないのです」

確かに、よく会いはするもののあまり長居をしていた記憶はない。そこも含めて、不器用なのだろうか。

「あの方が我が巣を頻繁に訪れるのは、何らかの理由があるからなのでしょう。先日、話をされていた一件に、続きがあるのかもしれませんな。いずれにせよ、私は、あの方がそれを明かすのを待っております。こちらが尋ねたからといって、答えて下さる方ではありませんからな」

「何だか、不器用というよりも天邪鬼《あまのじゃく》ですね」

私は思わず、噴き出してしまった。そんな私に、亜門は自分の唇に人差し指を重ねる。

「それを本人に申してはいけませんぞ。反撃をされてしまいます」

「はは……、それじゃあ、僕と亜門の秘密ってことで」

「畏《かしこ》まりました」

亜門は、紳士然とした笑みを湛えて頷いた。

不器用で天邪鬼。そう考えると、得体の知れない相手も、少しは親しみのあるものになるだろう。

私は己にそう言い聞かせ、いつの間にか空になった自分のコーヒーカップを片付けたのであった。

桜井がやって来たのは、翌日の午後だった。どうやら、一晩で読破したらしい。

「いやぁ、お勧めされただけあって、面白かったです！」

桜井は目を輝かせながら、亜門に〝老人と海〟を返却した。亜門は、その様子を見て穏やかに微笑む。

「桜井君の目は、活力に満ちておりますな。昨日よりも、活き活《いい》きとしております」

「サンチャゴさんに力を分けて貰った感じです。また、次の面接も頑張りますよ。昨日の二回目の面接も、条件が合わなかったことですし」

桜井は亜門に頭を下げ、踵を返そうとする。しかし、そんな彼の背中に、亜門は声を掛けた。

「桜井君は、それで良いのですか？」

「へ？」と桜井は振り返る。

「あなたの貴重な時間を、ただ生活費を得るために浪費してもいいのですか？」

一瞬、亜門の言っていることが理解出来なかったのか、桜井は目を瞬かせる。そして、遠慮がちに口を開いた。

「でも、就職してお金を稼がないと、生きていけませんし。俺、霞《かすみ》を食って生きているわけじゃないんで」

「あなたは、何になりたいのですか？」

「何にって――」

「運よく、残業が無く簡単な仕事が出来る会社に入れたとします。しかし、その簡単な仕事をしている間、あなたは満たされているのですか？」

亜門に鋭く問われ、桜井は視線をそらした。「そんなこと言ったたって」と不満げに眉を顰《ひそ》めて捲《まく》し立てる。

「そりゃあ、やりたくもない仕事をするより、音楽のことをやりたいと思いますよ。でも、音楽で生活をして行くなんて、それこそ、難しいじゃないですか。何処かの会社の正社員になって、安定した生活を確保しておかないと、生きることすらままならなくなってしまう」

「難しい、難しくないの話ではないのです」

亜門は、声のトーンを落とす。桜井と向き合い、真摯《しんし》な瞳《ひとみ》で彼を見つめた。

「あなたは、どうしたいのですか？」

「…………っ」

桜井は、言葉に詰まった。

口を開きかけるものの、思い直したように慌てて口を閉ざし、しかし、やはり口を開いてこう言った。

「やりたいですよ、音楽。寝ずに……ずっとやっていたいくらいです」

絞り出すような声。それを聞いた亜門は、「左様ですか」と満足そうに頷いた。

「小学校の頃は、ミュージシャンになりたかったんです。でも、競争率が高いから無理だって親に言われて、それからは、不可能な夢の話だと思ってて……」

それでも、桜井は音楽をやり続けた。

まずは楽器を弾くことから始め、作曲をし、作詞をし、コンピューターに歌わせ、音楽動画を作るに至った。

特に、将来それで食べて行く気はない。

だが、どんな時も、頭の中に音楽のことがあった。授業の時も、友人と遊んでいる時も、眠ろうとしている時も、頭からメロディが離れなかった。

「多分、生き甲斐だったんです。学生で就活をしていた時に、就職を切っ掛けにやめようと思ったんです。会社で働く以上、残業だってありますし、休日出勤もある。でも——」

立派な社会人として、仕事に専念しなくてはいけない。親の教えもあって、桜井はそれを実行しようとしていた。キーボードも封印し、社会人としての第一歩を踏み出した。

「気付いたら、作曲をしていたんです。何が切っ掛けかは忘れましたけど、押し入れの奥に仕舞ったはずのキーボードを引っ張り出し、曲を作っていたんです」

桜井にとって、呼吸と同じだった。やろうと思ってやっているのではなく、息をするように音楽を作り上げていた。

それでお金を稼ぎたいわけではない。注目をされたいわけでもない。評価をされたいわけでもない。

だが、質の高いものを作りたかった。昨日の自分を超えたかった。

そうして作った音楽を、ウェブ上にアップロードして公開しているうちに、視聴者が増え、人気が出て、機材を買う資金を貯《た》めようと、広告収入を得るようになった。

「本当に、お好きなのですな。いや、好きとか嫌いという次元では語れませんか」

「そう、ですね。好きか嫌いかで聞かれたら、実は、よく分からないんです。ただ、欠かせないものとしか言いようがありません」

正に、呼吸だ。

我々も、好きで呼吸をしているわけではない。意識をして呼吸をしているわけではない。ただ、生きるためにしているのだ。呼吸をしなくては苦しいから、呼吸をするのだ。

桜井にとって、音楽とはそういうものなのだろう。

「では、船を出すのです」

亜門は、桜井の肩をしっかりと摑《つか》んでそう言った。その手には、父親のような力強さが宿っていた。

「船？」

「サンチャゴのように、ひとり大海原《おおうなばら》に出るのです。そこにサメがいるかもしれません。一匹も魚が釣れないかもしれません。しかし、得られるものもありましょう」

「もし、サンチャゴのようにカジキを釣っても、サメに食べられてしまったら？」

「その時は、またカジキを釣ればいいのです。あなたが音楽を紡げる限りは、幾らでも船を出せます。――違いますか？」

桜井の目が、見開かれる。まるで、太陽の光を受けた海のように、輝いていた。

「違いません！」

桜井の頰《ほお》は紅潮していた。

少年のような表情だった。瞳には、挑戦的な炎が宿っていた。

「人間、負けるように出来ていませんからな。ぶちのめされたって、負けることはありませんぞ」

「はは、サンチャゴの言葉ですね」

ぶちのめされるという表現が亜門の口から飛び出るとは思わなかったが、桜井はその言葉に、勇気づけられたようだ。

「じゃあ、俺も死ぬまで戦います」

桜井の返答もまた、サンチャゴの言葉だった。

カジキをサメに食われ、万事休すという時に、彼は絶望に身を委ねなかった。己を奮い立たせて、果敢《かかん》に戦った。そんな心意気があれば、この先、どんなことが待ち受けていたとしても、乗り越えることが出来るだろう。

桜井の目は、真《ま》っ直《す》ぐだった。

私は、そんな彼の様子を見て確信する。

彼はこの情熱を以《もっ》て、大海原へと船を出すだろう。時計における歯車の一つになることなく、時計そのものになることだろう。

私はその船出が良きものとなるように、彼に向かって祈りを捧《ささ》げたのであった。

しばらくして、桜井の本には、タイトルが浮かんだ。

〝音楽家と海〟となっているところから、大海原に向かって舵《かじ》を切る覚悟が出来たのだろう。

最後は、『中途半端な気持ちで会社に入ろうとしたことも間違いだった。アルバイトをして生活費を稼ぎながら頑張ろう』という旨で締められていた。アルバイトであれば、シフトを調整して、時間を捻出《ねんしゅつ》し易い。生活費だけが欲しいという彼にとっては、その方が良いだろう。

「航路が見つかったようで、何よりですな」

亜門は満足そうに結末を見届けると、桜井の本を丁寧に本棚の中へと仕舞った。

すると、唐突に入り口の方から拍手が聞こえて来る。

「迷走していた漁師に航路を示し、貧弱になっていた縁を繋《つな》ぎ直したようだね。いやはや、見事だ。ポラリスのような働きぶりだったよ、賢者殿」

「アスモデウス公。いらしていたのですか」

いつの間にか、アスモデウスが入り口付近の壁に寄りかかっていた。

「ああ。通りすがりのカモメのように、邪魔をしないようにと見ていたのさ」

アスモデウスは何ということも無いようにそう言うが、私は全く気付かなかった。ただそこに佇んでいたというわけではなく、魔法でも使ったのだろうか。

「ああいう人間はいい。向上心に満ち溢《あふ》れ、高潔だ」

そう言いながら、アスモデウスはこちらにやって来る。靴の音を、木の床に重々しく響かせながら。

珈琲の香りに、粘ついた空気が混じる。緊張で、肌がピリピリする。

私は、思わず後ろに下がった。しかし、アスモデウスは大きく一歩踏み出した。

「相手が気高ければ気高いほど――」

「ほど……？」と私は乾いた声で尋ねる。すると、アスモデウスはにやりと笑ってこう言った。

「――堕落させたくなる」

「だ、駄目です！」

反射的に叫んでしまった。アスモデウスは目を丸くする。私自身もきっと、同じ顔をしていただろう。

慌てて口を塞《ふさ》ぐと、アスモデウスはぷっと噴き出した。

「と、昔は思っていたがね。モチベーションを失って久しい。吾輩の――いや、魔として生まれたものの最大の欲求とも言えるべきその感情は、ここのところすっかり失《う》せてしまっていてね」

左右非対称の笑みを浮かべると、アスモデウスは胸の辺りを擦《さす》る。

「サラさんの一件を境に――ですかね」

「そうかもしれないねぇ」とアスモデウスははぐらかすように答えた。このひとは天邪鬼のようだから、もしかしたら、図星だったのかもしれない。

「まるで、恋煩《こいわずら》いですな」

亜門はそう言って、カウンターの向こうで新しいカップを用意し始める。その背中から、表情は読み取れない。

「恋煩い。ああ、そうかもしれない。あれは、食欲を減退させる不治の病だからね。吾輩は何千年も前から、ずっと思っているのかもしれないな」

手近な席に腰を下ろしながら、アスモデウスはそう言った。

彼は、思いの丈を外に発散出来ずにいる。

それがどれほどのものか、私には見当が付かない。誰かに知って貰いたいというが、個人的に相談をするというレベルではなく、多くの相手と感情を共有したいのかもしれない。

ＳＮＳもブログも、彼の言葉を配信するのには向かなかった。それらには、少なくとも、彼の周りには、そこまで長い文章を読もうとするユーザーが集まらなかった。

では、長い文章を読ませるにはどうすべきか。適した形があるはずだ。

「あの……」

「なんだい、ツカサ君」

名前を呼ばれると、緊張感が増す。「何でもないです」と言いそうになるのを、ぐっと堪《こら》えた。

「小説を書いては、どうですか？」

「小説」とアスモデウスは目を見開く。

「それは、良いアイディアかもしれませんな。日記をもとに、私小説を書くのです」

亜門は振り返ってそう言った。

「ウェブでも小説を公開するサイトは沢山ありますし、そこで公開するんですよ。そしたら、多くの人間に見て貰えます」

「ふむ、成程。吾輩が愛読しているあの形態にして、ウェブで公開する――ねぇ」

アスモデウスは思案する。「ご不満ですか？」と、亜門が彼の前に珈琲を置いた。

「いや、悪くはない」

煮え切らない返事だ。

「投稿サイトによってまちまちですけど、閲覧数が多くて、私小説が歓迎されるサイトに投稿すると、ＰＶも稼げると思うんですけどね。あ、ＰＶっていうのは――」

「ページレビュー。即《すなわ》ち、アクセス数」

「やっぱり、ご存知だったんですね……」

間髪を容れずに補足したアスモデウスに、私は眉尻を下げる。

「吾輩も、ウェブ小説くらい読む。それくらいは知っていて当然だ」

「そもそも、魔神がウェブ小説を読むというのが意外というか何と言うか……」

「ふむ。ウェブ小説というのは、販売数の代わりに、閲覧数というのがあるのですな」

話の流れから察した亜門が、ふむふむと相槌《あいづち》を打つ。これが、正しい反応だ。

「まあ、販売数と同義にするのは乱暴だがね」とアスモデウスが指摘する。

「投稿サイトのウェブ小説は、基本的に無料なのさ。ウェブの書籍と言えば、電子書籍だが、あれとは性質が違う。無料配布の同人誌だと思えばいい」

「成程。あの、アマチュア作家が寄稿するという……」

亜門は自分なりの認識を基に理解出来るまで嚙《か》み砕き、ウェブ小説の知識を増やしていく。この調子だと、自分の端末を持つのも時間の問題かもしれない。

「しかし、もうひと押し欲しいな」アスモデウスは亜門が淹れた珈琲を口にすると、小さく息を吐いた。

「もうひと押し、とは？」

「ウェブ小説も悪くないんだがね。あれは装丁が選べないじゃないか。どうせ小説を書くのなら、本にしたい。紙の本にして、装丁を考え、装画を入れたいんだ」

アスモデウスの要望に、私と亜門は顔を見合わせた。

「最近の本は、美しい絵画に包まれているものが多いじゃないか。あれを手掛けている画家にも会ってみたいしね」

画家というのは、イラストレーターのことなのだろう。

だが、そんなことを訂正している余裕はない。アスモデウスの言っていることは、要するに――。

「それってもう、本を出版したいというレベルの話じゃないんですか……?」

「それだ。最初に言われた時はどうしようかと思ったが、小説にするならば話は別だ。やはりそれしかない」

私の言葉に、アスモデウスは指を鳴らす。

「本を出版しよう!」

「本を……」

「出版する……」

私と亜門は、思わず呆気《あっけ》に取られてしまった。この場にコバルトがいたら、また装丁の話で盛り上がりそうだが、生憎《あいにく》と、いきなり現れることは無かった。

目を瞬かせる私達の前で、アスモデウスはひとり愉しそうに頷く。

「吾輩の本も、書店の店頭に並べて貰えばいい。そうすれば、多くの人間に手に取って貰えるのではないかな？」

「いいアイディアだとは思うんですけど……」

私は言葉を濁す。

本を出版する。言葉だけでは、簡単そうだ。だが、たった一フレーズのその言葉に、どれだけの労力がかかるのだろうか。

そもそも、本を印刷してから店頭に並べ、書店の客に買って貰うまでにも、かなり多くの工程を経ていると、三谷から聞いたことがある。

「そうなると、何が必要かな。原稿が必要なのは分かるが、後は金か？　ツテか？」

いきなり生臭い話になって来た。

「アスモデウス公は、装丁を自分で考えたいのですな？　そして、装画も必要だ――と。それでは、装丁家と画家の確保が必要ですな」

装丁家というのは、デザイナーのことだろう。イラストレーターの方は、そろそろ訂正しないと、本気で画家を連れて来てしまいそうだ。

「あとは、流通の手段や印刷代なども入用です」

「イベントで手売りするんだったら、流通の云々《うんぬん》は必要無いですけどね」

思わず苦笑する私に、亜門は「イベント?」と尋ねる。

「同人誌即売会ですよ」

「ああ、成程」

「そのイベントで机を借りて、個人が出版している本を売るんです。スペースを思いのままに飾れるから、こだわり派のアスモデウスさんにぴったりだとは思いますが……」

「それも悪くはない。しかし、他の本と並べられないからね。吾輩は、他の本とともに店頭に並べられたいんだよ」

アスモデウスの中では、既に自身の本が並べられている姿が想像出来てしまっているのだろう。彼の性格からして、きっともうそこは譲らない。

しかし、我々では知識が少な過ぎる。

「……三谷を呼びましょう」

「ミタニとは?」

「僕の友人です。書店で働いているし、本の流通のことは彼の方が断然分かっているはずです」

「それは心強い。早速、その者を呼んでくれないかい?」

「い、今は勤務中なので、休憩の時に……!」

そう断り、私は急いで三谷にメールを打ったのであった。

こうして、三谷は呼び出された。

アスモデウスの正体を知ったら彼は喜ぶだろうが、今は一先《ひとま》ず伏せておいた。話がややこしくなるからだ。

亜門に珈琲を淹れて貰った三谷は、珈琲を啜《すす》りながら問う。

「で、そこのダンディなお兄さんが、本を出版したいってわけか」

「そうそう。だから、本を出すことに必要なノウハウを、教えて欲しいんだ」

「んー。俺は出す方じゃなくて、出されたやつを売る方だからな。多少のアドバイスしか出来ないけど」

三谷は、コーヒーカップを置く。

「どんな小説を出したいんですか？」

「今のところ、私小説だね」

アスモデウスは、背もたれに身体を預けながらそう答えた。

「原稿はまだ出来上がっていないんですか？」

「ああ。これから書く」

「で、装丁にはこだわりたい」

「勿論」とアスモデウスは頷く。

それを聞いた三谷は、眉間《みけん》を揉んで考え込んだ。

「それ、うちの自費出版を紹介した方がいいのかな」

「自費出版？」と私は問う。

「そう。うちの会社でやってるんだけどさ。自分で書いた本を出版したいっていう人から、原稿と諸々《もろもろ》の代金を頂いて、うちで作って書店に流通させるんだ。多分、それが一番合ってると思うんだけど――」

確かに、アスモデウス向きだ。

生臭い話だが、彼には恐らく、金が余るほどある。多少費用がかさんだとしても、気にすることはないだろう。

「しかし、煮え切らない顔だねぇ」

アスモデウスは、三谷の表情を眺めてそう言った。

「そうなんですよね。書店によりますけど、自費出版の本って、一般的な過程を経て生まれた本とは別にコーナーが作られているので、普通の本と並べられることは稀かなって」

アスモデウスの言っていた、他の本と並べられるという条件が満たせないかもしれないということだ。

「まあ、詳しくは、自費出版の部署に直接問い合わせてみたらどうですかね。俺、案内しますよ」

「いや――」

立ち上がろうとする三谷を、アスモデウスは制止した。

「一般的な過程を経た本の、具体的な過程をご教授願いたいね」

「はぁ。ざっくりとですが――」

三谷はそう前置いて、ぽつぽつと説明をしてくれた。

「まず、本になるには、原稿が必要です。でも、出版にかかる費用は版元――つまり、出版社が持ってくれるんで、かかりません。ここが、自費出版と大きく違うところですね。あと、装丁も版元が担うはずです。装丁に口出し出来るのって、売れっ子くらいなんじゃないかな。聞いた話ですけど」

「ふむ。装丁にはこだわれないのか」

「ま、版元によるかもしれませんね。基本的にはこだわれないって聞いただけです。そこは、担当者に聞いた方がいいかも」

「担当者とは？」

「担当編集者のことです。作家に対して、版元の窓口になる人ですね。作家には、この担当編集者が必ずつきます」

「その担当編集者をつけるには、どうすればいいのかな？」

悠長に尋ねるアスモデウスに、三谷は少しだけ難色を示す。

「それは、新人賞——まあ、コンテスト的なものに応募して受賞したり、何らかの方法で原稿を読んで貰って気に入られたり、ですかね。最近は、ウェブ小説を公開してスカウトされるというのもあるんですけど」

「金で雇うことは出来ないのかな？」

「いやー、それは無理っすね。そもそも、版元の編集者は版元に雇われてますし。元手がいっぱいあるんだったら、自費出版の方が確実じゃないですかね」

「ふむ」とアスモデウスは黙り込む。私と亜門は、無言でその様子を見つめていた。

亜門は注意深くアスモデウスの動向を窺《うかが》っている。とんでもないことを三谷に言い出したら、止めるつもりなのだろう。

「出版社の編集者の目に留まる手段は、幾つかあるわけか」

「ありますけど、目に留めて欲しい人もたくさん居ますからね。競争率が高くて、なかなか難しい道ですよ。新人賞に応募する人間も、ウェブで小説を公開している人間も、溢れるほどですからね。その中から選んで貰うとなると——」

三谷の口の前に、アスモデウスはすっと人差し指を向ける。三谷は、思わず口を噤《つぐ》んだ。

「或る姫君に、多くの求婚者が集まっているとする」

「はぁ」

「その中からたった一人しか選ばれないというシチュエーションは、燃えるとは思わないかな?」

アスモデウスはそう言うと、自信に満ちた笑みを浮かべた。

「アモン侯爵」

ぽかんと口を開ける三谷を放《ほう》っておいて、アスモデウスは亜門に向き合う。

「吾輩は新たなる恋を見つけたよ。今この胸は、その恋に焦がれて仕方がない」

「そ、それは、何よりですな。因みに、そのお相手をお尋ねしても?」

尋ねるのが礼儀だと思ったのだろう。亜門の紳士的な笑みは、やや引きつっていた。私と同じく、嫌な予感がしているようだ。

アスモデウスは頷き、一拍溜めるとこう言った。

「吾輩は、出版社の編集者の心を射止めたい。そして、吾輩は小説家の道を歩もう」

舞台さながらの大袈裟《おおげさ》な身振りで、アスモデウスは両手を広げる。そこに大海をも包み込むような包容力と、波のように溢れ出す自信が垣間《かいま》見《み》えた。

「えっと……、頑張って下さい」

その圧倒的な迫力に気圧《けお》された三谷は、そうとしか言えなかった。私も亜門も、彼と同じように、頷くことしか出来なかったのであった。

三谷は休憩が終わるとのことで店を後にし、アスモデウスもまた、新たに熱中出来るものが見つかったためか、意気揚々と帰って行った。

今、〝止まり木〟には、私と亜門だけが残っている。

「いやはや、とんでもないことになってしまいましたな」

亜門は眼鏡をかけ直しながら、溜息交じりにそう言った。

私も、カップを片付けながら苦笑する。コバルトが来たわけでもないのに、まるで、嵐《あらし》でもやって来たかのように、店内の空気が引っ掻《か》き回されていた。

いや、寧ろ、サメがカジキを散々に食い散らかした後と言うべきか。私も亜門も、すっかり疲弊し、脱力していた。

「まさか、アスモデウスさんが小説家を目指すなんて……」

「あの方は、一度やるとおっしゃったことはなかなか曲げない性格ですからな、これは手《て》強《ごわ》いですぞ」

「そういう割には、ちょっとだけ楽しそうですね」

私がそう言うと、亜門は目を瞬かせる。

「おや、そんな顔をしてましたか？」

「ええ。どうなるのか楽しみで仕方がないって顔をしてます」

「それは、司君も同じですぞ」

私は思わず頬に触れて、表情筋を確認する。そんな私を見て、亜門はくすりと笑った。

「あっ、笑わないで下さいよ」

「失礼。あまりにも素直な反応で、つい」

亜門は咳払いを一つする。

「あの方の活き活きとした顔を見るのは、久しぶりでしてな。それで、思わず顔が綻《ほころ》んでしまったのかもしれません」

「そうだったんですね……」

「友人が元気というのは、喜ばしいことですからな」

「そうですね」

亜門の言い分は、全面的に同意が出来る。私も、亜門やコバルト、そして三谷が元気でいることは嬉《うれ》しい。

「僕もまあ、ああいう無邪気な一面があると分かると、安心するというか……」

何を考えているかよく分からない相手だったが、少なくとも、何がしたいかはよく分かった。アスモデウスに会うたびに、心にまとわりついていた嫌な靄《もや》の存在は、もう、感じなかった。

「アスモデウスさん、小説家になれますかね」

「どうでしょうな。小説家というのは、お金やツテでなるものではないでしょうし。とは言え、私は一読者なので、作家側の事情は知らないのですが」

亜門はそう言いながら、奥のソファに腰を下ろす。

「というか、魔神がなれるのかどうか……」

「我々はそもそも、日本に国籍がありませんからな。新人賞などでは、その辺りで引っかかるやもしれません」

日本どころか、この世に籍を置いていない。出版社も、まさかそんな相手が新人賞に応募するとは思わないだろう。

「ただまあ、小説家というのは、誰にでもなれる職業です」

「えっ？」

意外な言葉に、私は目を丸くする。すると、亜門は悪戯《いたずら》っぽく微笑んだ。

「なること自体は難しいのですが、誰もが小説家になる資格があるということです。ヘミングウェイもまた、元々は記者でしたからな。どんな人生を歩んで来ようと、素晴らしい作品が作れればそれでいいという、実に懐が深い職業だと思います」

「そうか、出自が関係ないんですね……」

「そうですな」と亜門は深く頷く。

魔として生まれ、魔の者として生き、魔の者として退けられてきた魔神。そんな彼もまた、自由に小説を書くことが出来るのだ。

「そういう意味では、人間にも魔神にも、天使すらにも平等な職業なのかもしれません」

「そう考えると、応援したくなりますね」

「ええ。この亜門、全力でお手伝いをしたいところですな」

それを職業にするとなると、住所云々といった法的な手続きが必要になるかもしれない。

その時も、可能であれば手を貸そう。私の住所を貸すことだって出来るだろう。

「アスモデウス殿は、今度こそ意中の方を射止められると良いですな」

「そう……ですね」

「そして、今回は行き過ぎたことをしなければ良いですな」

「そう……ですね……」

何せアスモデウスは、愛しい女性に近づく男を悉《ことごと》く屠《ほふ》ったという前科持ちだ。

これをやられてしまっては、何のフォローも出来なくなってしまうので、口を酸っぱくして忠告しなくては。聞いてくれるかどうかは、分からないが。

種族的な隔たりもあり、愛を失わなくてはならなかった魔神。

彼の想いが今度こそ成就するようにと、私は心の中で彼自身に祈ったのであった。

本書はハルキ文庫の書き下ろし作品です。

ハルキ文庫

あ 26-5

幻《げん》想《そう》古《こ》書《しょ》店《てん》で珈琲《こーひー》を　招《まね》かれざる客人《きゃくじん》

著者　蒼月海里《あおつきかいり》

2017年 9月18日第一刷発行

発行者　角川春樹

発行所　株式会社角川春樹事務所
〒102-0074 東京都千代田区九段南2-1-30 イタリア文化会館

電話　03(3263)5247(編集)
03(3263)5881(営業)

印刷・製本　中央精版印刷株式会社

フォーマット・デザイン　芦澤泰偉
表紙イラストレーション　門坂 流

ISBN978-4-7584-4115-5 C0193 ©2017 Kairi Aotsuki Printed in Japan
http://www.kadokawaharuki.co.jp/ [営業]
fanmail@kadokawaharuki.co.jp [編集]　ご意見・ご感想をお寄せください。

〈 蒼月海里の本 〉

幻想古書店で珈琲を

大学を卒業して入社した会社がすぐに倒産し、無職となってしまった名取司《なとりつかさ》が、どこからともなく漂う珈琲の香りに誘われ、古書店『止まり木』に迷い込む。そこには、自らを魔法使いだと名乗る店主・亜門《あもん》がいた。この魔法使いによると、『止まり木』は、本や人との「縁《えん》」を失くした者の前にだけ現れる不思議な古書店らしい。ひょんなことからこの古書店で働くことになった司だが、ある日、亜門の本当の正体を知ることになる――。切なくも、ちょっぴり愉快な、本と人で紡がれた心がホッとする物語。